작은 겨자씨가 심기고 자란 후에는

공중의 새들이 그 그늘에 깃들만큼 큰 가지를 내듯이

세상을 변화시킬 아들의 내일을 위해서

오늘도 작은 미소 하나 소홀히 할 수 없습니다.

1

다시 아프리카로

익숙해지며,
가족이 되며 2

3

진흙 속에 감춰졌던 진주

사랑 더하기 사랑은

4

1

다시 아프리카로

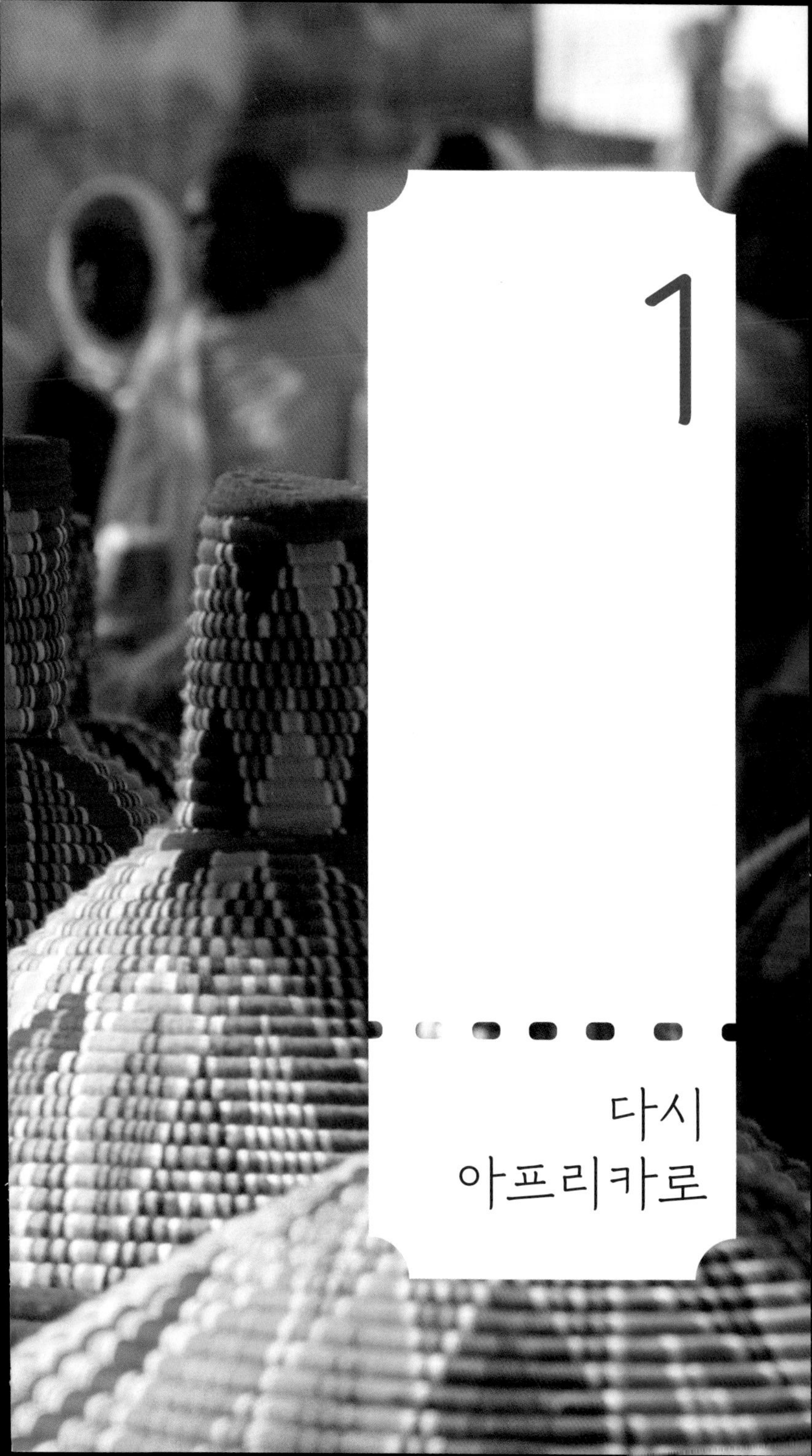

아프리카에서 나를 발견했고,
아프리카에서 나를 만났다.

아프리카에서 꿈을 꿨고,
아프리카에서 꿈을 펼쳤다.

살인 충동

아프리카가 내 마음에 들어온 것은 정말 순간의 일이었다. 나는 봉사활동을 가기 전 아동복지시설에서 아이들을 돌보는 일을 하고 있었다. 24시간 365일 무휴로 운영되는 곳에서 아이들과 함께 행복한 웃음과 서러운 울음들을 적절히 섞어가며 매일 매일을 큰 변화 없이 살고 있었다. 그렇게 평화롭던 어느 봄날, '아프리카 단기선교 단원모집' 광고가 우연히 눈에 띄었다. 그리고 한 달 두 달 시간이 지나면서 내 안에는 그동안의 사회복지사로 일한 경험을 아프리카 어린이들을 위해 활용하고 싶다는 마음이 자꾸만 커졌다. 그리고 몇 개월 뒤 나는 아프리카로 향했다.

뜨거운 가슴 하나만 가지고 떠난 아프리카에서의 첫해. 나는 내가 얼마나 많은 것을 당연하게 여겨 왔는지 알 수 있었다. 열악하고 결핍된 상황에서 내가 얼마나 이기적인 사람이 되는지 깨달았다. 그동안 나는 너무 감사함을 모르고 살아왔다. 한국에서는 수도꼭지를 올렸을 때 '콸' 하고 쏟아지는 물, 스위치를 눌렀을 때 환해지는 실내, 언제든 먹을 수 있는 풍요로운 먹거리, 필요한 물건을 살 수 있는 시장이나 편의점 등이 당연했다. 그러나 아프리카에서 당연한 것은 없었다. 씻을 물은 물론 마실 물조차 찾기 어려워서 잦은 갈증에 허덕였고, 보름 넘게 샤워를 못 하고 머리도 감지 못해 쉰내가 났다.

전기가 없는 탓에 해가 지면 캄캄한 어둠 속에서 나는 아무것도 할 수 없었고 쉴 새 없이 날아드는 모기들과 싸우다 잠이 들었다. 탄자니아의 더 깊숙한 시골로 들어갔던 2주 동안은 물 한 병, 식빵 두 조각과 바나나 하나, 그리고 사탕수수 두 토막이 매일 배정되는 식사였다. 우스갯소리로 하면, 먹는 것이 부실하니 나올 것도 없어 화장실을 덜 가서 좋기는 했다.

나는 평소에 먹을 것에 관심이 그리 많지 않았다. 그런데 그곳에서 지내던 어느 날, 단체 식재료 중 참치 통조림 하나를 누군가 몰래 먹은 것을 발견하고는 살인 충동을 느꼈다. 세 개 있던 라면을 열 명이 끓여 먹고 국물을 남겨 다음 날 밥 말아 먹기로 했는데, 한밤중에 누군가 마셨다는 사실을 알았을 때는 절망으로 눈물이 앞을 가렸다. 나는 점점 사역보다 먹는 것에 집중했고 이내 '식탐의 여왕'이 됐다. '사역을 마친 후 귀국하면 인천공항에 도착하자마자 첫 끼로 무엇을 먹을 것인가'는 내 최고의 관심사가 됐었다.

그러나 온갖 불평으로 시작된 첫날과 다르게 새로운 환경에 적응하면서 점점 사역이 즐거워졌다. 우리가 준비한 프로그램 중에는 캄캄한 밤에 진행하는 '들판 영화 관람'이라는 깜짝 선물도 있었는데, 노트북을 비롯해 대형 스피커와 발전기 그리고 나무와 나무 사이에 묶은 하얀색 천 스크린 등은 항상 훌륭한 극장이 되어 주곤 했다. 영화가 끝나고 노트북까지 꺼지고 모든 불빛이 자취를 감추면 그때부터 믿을 수 없는 일이 벌어졌다. 나는 달빛과 별빛만으로도 세상이 그렇게 환해질 수 있다는 것에 놀랐다. 손을 뻗으면 그대로 잡힐 것 같이 촘촘하게 수놓인 별빛의 향연에 빠져 들었고, 감격했다.

어느덧 사역이 마무리됐고 한국으로 떠나는 날이 다가왔다. 한국으로 돌아온 나는 일주일도 지나지 않아 많은 것이 부족하고 불편하며 배고프고 낯설던 아프리카가 그리워지기 시작했다. 뭐가 그리도 좋은지 한껏 웃는 얼굴로 나를 졸졸 따라다니던 까만 얼굴의 아이들이 눈에 밟혔다. 1년 12개월 중 1개월은 아프리카에서 지내고 싶은 '시간의 십일조'의 소망도 생겼다. 봉사활동에 필요한 모든 비용을 스스로 해결해야 했기에 열심히 일했고, 여름이 되면 모든 휴가를 모아 아프리카로 떠났다. 나는 더욱 행복해졌고, 작았던 내 마음은 점점 커지고 있었다.

절망감을 느꼈던 사라진 라면 국물

누군가 물었다

"선생님은 사회복지 일이 힘들지 않으세요?"

오지랖 넓고 남 돕는 것을 좋아하는 성품과 잘 맞는 내 직업은 '사회복지사'다. 사회복지학개론 첫 시간에 교수님께서 "사회적 약자에 대해 불쌍한 마음을 갖고 돕는 것은 누구나 할 수 있는 일이지만 '사회복지 전공자'라면 '누구나'와 달라야 한다'라며 "여러분이 우리 학교에서 공부한 후에는 '뜨거운 가슴과 냉철한 이성을 지닌 사회복지 전문가'로 새롭게 태어나길 바란다"라고 말씀하셨다. 교수님의 말씀에 가슴이 뜨거워지는 벅찬 감동을 느꼈고, 그 순간 나는 그 말씀의 주인공이 되기로 마음먹었다. 그리고 교수님의 말씀을 일기장에 적어 두었다.

나는 사회복지 분야 중 특히 '아동·청소년'을 위한 좋은 사회복지사가 되고 싶었다. 내가 생각하는 좋은 사회복지사란 첫째로 나를 만나는 이들에게 그들이 듣고 싶은 말과 들어야 할 말을 들려주는 학자의 혀를 가진 사람이었다. 둘째는 아이 스스로가 내면의 힘을 찾을 수 있을 때까지 함께 울고 웃어 주는 친구가 될 수 있는 사람이었다. 마지막으로 아이들이 비상할 준비가 됐을 때 나를 딛고 올라서도 내가 무너지거나 부서지지 않는, 속이 꽉 차고 믿을 수 있는 어른이었다.

그러나 내가 되고 싶은 좋은 사회복지사와 실제 사회복지 현장에서의 나 사이에는 적잖은 괴리가 있었다. 사회복지사로서의 나는 아이들이 듣고 싶은 말보다는 내가 하고 싶은 말을 더 많이 했다. 아이들에게 소망이 되는 말을 하기보다는 '안 돼' '위험해' '그만해' 등 좌절을 불러일으키는 말을 더 많이 했다. 아이들이 내면의 힘을 찾을 때까지 기다리기보다는 성급한 내가 나서서 그들이 스스로 성장할 기회를 빼앗았다. 그들이 나를 딛고 비상할라치면 나는 무너지고, 부서지는 연약한 어른이었다.

좋은 사회복지사가 된다는 것, 아니 좋은 어른이 된다는 것은 쉽지 않았다. 갈등하고 좌절하는 나날의 연속이었다. 그래도 나는 사회복지 현장을 떠나지 않았고 연약하고 부족하지만 사회복지와 세월을 함께했다. 감사하게도 내가 만나는 사람들은 부족한 나를 믿어 주었고, 견뎌 주었고, 어제보다는 더 나은 사회복지사가 되도록 기회를 주었다. 그렇게 많은 이들의 희생과 사랑을 먹으면서 나는 조금씩 성장했다. 내가 좋은 어른이 되기 위해, 좋은 사회복지사가 되기 위해 시행착오를 겪을 때마다 곁에서 아팠을 이들에게 항상 미안하고 늘 감사한다.

아프리카도 그랬다.

2004년 여름, 아프리카는 그저 뜨거운 가슴만 가지고 도착한 나를 있는 그대로 맞아 주고, 받아 주고, 용납해 주었다. 아무것도 모르던 새내기 봉사자가 아프리카 땅을 헤집고 다니는 동안 검은 대륙 아프리카는 묵묵히 나를 참아 줬고, 이익을 따지지 않고 사랑해 줬다. 덕분에 나는 봉사자로도 조금씩 성장할 수 있었다.

'한 아이를 키우려면 온 마을이 필요하다'라는 아프리카 속담처럼 내가 조금씩 성장할 수 있던 것은 다듬어지지 못한 나를 한결같이 견뎌 주고, 사랑해 주고, 가르쳐 준 '아프리카의 인연들' 덕분이었다.

행복한 미소

2006년에 나는 탄자니아의 '무완자(Mwanza)'라는 항구도시에 살고 있었다. 당시 무완자에는 다양한 사연으로 부모를 일찍 여의고 거리에서 구걸하며 지내는 소년들이 많았다. 못난 어른들은 소년들에게 마리화나를 피우게 하고 나쁜 짓을 시켜 몸과 마음을 상하게 했다. 이는 당국에서도 크게 고민하던 문제였다. 나는 그렇게 아픈 몸과 마음으로 거리를 배회하는 소년들에게 안전하고 편안한 안식처를 마련해 주고 학교에 다니게 하는 '거리 소년의 집' 사역을 돕고 있었다.

어느 날 하루의 일과를 마치고 숙소로 돌아오다 한 동양인 청년을 보았다. 외국인이 많지 않던 무완자에서 새로운 외국인은 금방 눈에 띄었다.

"Excuse me?"

"안녕하세요."

"역시 한국분이셨군요."

시원한 미소를 지으며 말하는 그는 내가 한국인으로 보여 혹시나 해서 말을 걸었는데 예감이 맞았다며 좋아했다. 20대 중반인 그는 코이카에서 한 고등학교에 파견돼 봉사하는 중이었다. 나는 행복한 미소를 지으며 열심히 자신의 이야기를 나눠 주는 그를 바라보는 것이 좋았다. 그의 깊이 있는 이타적 사고에서 우러나는 언행이 부러웠고 그의 마음을 배우고 싶었다. 한창 친구들과 어울리며 놀고 싶을 나이에 항구도시 무완자에서 홀로 지내는 이방인의 삶이 외롭진 않을까 염려됐는데, 그는 한 조각의 그늘 없이 청량한 아름다움을 내뿜었다. 나이는 어리지만 마음은 아주 넓은 그가 존경스러웠다.

잊고 있던 '코이카'라는 단어가 나를 다시 찾아온 것은 10년이 지난 2016년 우간다에 있을 때였다. 그해도 여느 때와 다름없이 한 달 일정으로 르완다, 우간다, 탄자니아에서의 교육 활동을 준비했다. 첫 나라 르완다에서 활동을 마친 후 우간다 국경을 넘었다. 우리 팀은 경찰서장이 운영한다는 그 지역에서 가장 안전한 게스트하우스에서 묵으면서 인근 학교들과 연합해 교육을 진행할 예정이었다. 도착한 다음 날부터 시작된 사역에 저녁이 되면 입에서 단내가 날 정도였다. 어느 날 모든 에너지를 사역에 탈탈 털어 지친 몸으로 게스트하우스에 들어서는데 식당에 50대 중반으로 보이는 동양인 한 분이 앉아서 식사하고 있었다.

중국인이 많아지고 있어서 처음에는 중국인일 것 같았는데 혹시나 해 말을 걸었더니 한국인이었다. 그분은 서울의 한 고등학교에서 영양사로 근무하다가 보람 있는 삶을 찾아 코이카의 문을 두드렸다고 했다. 다니던 학교는 잠시 휴직하고 코이카를 통해 농촌개발 운동을 하고 있는데 자신은 '영양 분야'에 파견 중이라고 했다. 그분은 재미있는 경험을 곁들여 가며 자신이 하는 일에 대해 들려주었다.

그분의 한마디 한마디가 내 귀에 쏙쏙 들어왔다. 나는 그분과 대화하면서 10년 전에 탄자니아에서 만났던 청년과의 대화가 떠올랐다. 그리고 그 청년이 짓던 행복한 미소가 기억났다. 성별이 다르고 연령대도 다르지만, 내 앞에 있는 분의 얼굴에 청년의 행복한 미소가 옮겨와 있었다. 농촌개발운동이 개발도상국에 큰 도움이 된다는 것을 오랫동안 보아 온 나는 코이카를 통해서 농촌개발 운동을 해 보고 싶어졌다.

새리봉

2016년의 여름 사역을 마치고 아프리카에서 돌아와 코이카 홈페이지에 접속했다. 나는 사회복지 경력과 아프리카에서 흘렸던 땀까지 잘 녹여 낸 서류를 갖추고 1지망으로 에티오피아를 적어 코이카 봉사 단원 모집 사회복지 분야에 지원서를 냈다. 지원서를 작성하던 여러 날 동안 짧지만 사회복지사로서 살아온 세월과 아프리카 봉사자로서 살아온 시간을 진지하게 탐색할 수 있었다.

1차 서류전형 결과 합격이었다. 2차 면접에서는 옆에 있는 사람과 한 팀이 돼 같은 나라, 같은 마을로 파견될 수도 있었기에 서로를 격려하며 건투를 빌었다. 면접관들과의 대화를 통해 사회복지사로서의 신념과 인류애에 대한 고민을 정리할 수 있었다. 최종 합격이 결정된 후 지인들에게 합격 소식을 알렸다. 주변 사람들은 내가 기뻐하는 모습에 축하해 주면서도 오랜 시간 또다시 나를 못 본다는 사실에 아쉬움을 표현했다. 내가 사랑하는 사람들이 나를 아끼며 귀하게 여겨 주는 것이 충분히 느껴져 고마웠다.

우리 기수는 겨울이 깊어지던 12월에 처음 만났다. 국내 교육은 총 4주였다. 2주 동안은 양재에 있는 코이카 교육원에서 봉사활동에 필요한 전반적인 내용을 배웠고, 나머지 2주 동안은 경상북도에서 '새마을운동'에 대한 집중 교육을 받았다. 모든 수업은 놓칠 것 하나 없이 다 중요했다. 특히 안전관리 시간에는 세계 곳곳에서 이름 없이, 빛도 없이 봉사활동으로 대한민국의 국격을 높이고 있는 단원들의 삶에 위험한 일들이 무척 가까이 있음을 체감했다. 나는 그동안 아프리카를 다니면서 안전했던 것에 더욱 감사했다.

교육 기간 동안 우리 기수의 별칭은 새마을의 '새', 리더의 '리', 해외봉사단의 '봉' 자를 따서 '새리봉'이라고 불렀다. 13명이 1개월 동안 함께 숙식하면서 교육을 받았다. 우리 기수는 20대 주니어 단원 7명과 60~70대 시니어 단원 5명 사이에 40대인 내가 끼어 있는, 조금은 불편할 수도 있는 연령대 구성을 가지고 있었다. 그러나 우리는 곧 친해졌다. 서로를 배려하고 이해하며 때론 진지하게, 때론 깔깔대며 행복한 교육과정을 보냈다. 그런 우리 기수를 보고 교육 담당 과장님이 "교육을 진행하다 보면 주니어와 시니어 사이의 갈등이 교육 과정을 어렵게 할 때가 있는데 새리봉은 팀워크가 훌륭하다"라고 칭찬해 주셨다.

농촌개발 운동 중 한국의 특화 브랜드인 새마을운동에 대한 나의 경험은 초등학교 때 '새벽종이 울렸네'라는 노래가 들리면 집게와 비닐봉지를 들고 나가서 길거리 쓰레기를 줍고 이름을 적은 후 등교했던 기억 뿐이다. 40대인 나의 경험이 그러니 20대 젊은 단원들에게 새마을운동은 그저 교과서 속에 있는 글자일 수밖에 없다. 새마을운동에 대한 이해가 부족했던 우리는 2주 동안 속성수업에 정신없이 바빴다. 새마을운동을 글로 배우는 과정은 어려웠지만 쉬는 시간이나 자유발언 시간에 시니어 선생님들이 해 주시는 생생한 경험담은 무척 흥미로웠다.

그 시절을 살았던 한 분 한 분에게 새마을운동은 매일의 삶이었고, 그들의 매일은 역사가 됐으며, 그들이 흘린 땀과 수고는 현재를 살고 있는 우리가 많은 것을 풍족히 누릴 수 있게 해 주었다. 우리가 안동에서 연수받을 때 100명이 넘는 연수생들이 11개의 개발도상국에서 방문해 같이 연수를 받았는데 내가 한국인이라는 것에 감사했고 열심히 살아 주신 어른들이 자랑스러웠다.

그렇게 양재와 안동에서의 교육을 마친 후 2017년 1월, 우리 기수는 에티오피아·스리랑카·필리핀·베트남 등지로 파견됐다. 에티오피아로 가는 사람은 6명이었다. 우리는 '아디스알렘'과 '마이막덴' 두 마을에 3명씩 2개 팀으로 나눠져 파견됐다. 내가 파견된 곳은 마이막덴 마을이었다. '봉사활동'이라는 공통분모가 있어서였는지, 우리는 각자 파견된 나라에서 봉사활동을 하면서도 서로에게 힘이 돼 주고, 좋은 정보들을 나눠 가며 행복한 우정을 만들어 갔다.

에티오피아로

에티오피아는 '아프리카의 뿔' '커피의 나라' '솔로몬 후예의 나라' 등 다양한 별칭이 있다. 우리에게는 6·25전쟁 때 유엔의 일원으로 참전군을 보내 준 '피를 나눈 형제의 나라'이기도 하다.

나는 에티오피아에 지원했을 때 합격 발표가 있기 전부터 에티오피아를 알아가는 공부에 푹 빠졌다. 그때 에티오피아에 대한 내 상식을 확 뒤집어 놓은 것이 있었는데, 그것은 바로 '강뉴(Kagnew)'라는 책이었다. 6·25전쟁 당시 그리스의 종군기자인 키몬 스코르딜스(Kimon Skordiles)가 목격한 에티오피아 '강뉴부대'의 맹활약과 고귀한 희생을 알리기 위해 쓴 책이다. 첫 장부터 뜨거운 감사를 느끼게 한 강뉴부대의 멋짐에 나는 한시도 책에서 눈을 뗄 수 없었다.

에티오피아는 1935년 이탈리아가 침범했을 때 국제연맹에 지원을 요청했다. 하지만 어느 나라도 도와주지 않았다. 그들은 끝까지 투쟁해 1941년 기적적으로 승리해 에티오피아에서 이탈리아를 몰아냈다. 나라가 위험에 빠졌을 때 도움을 받지 못한 서러움을 잘 아는 하일레 셀라시에(Haile selasie) 황제는 1950년 7월 중순 유엔으로부터 한국 파병을 요청받자 세계평화를 위한 '집단안보'를 주장하며 황실 근위대인 강뉴부대 파병을 결정했다.

"사랑하는 에티오피아의 전사들이여, 그대들은 에티오피아의 자유를 넘어서 세계인의 평화와 권리를 위해 이역만리 먼 땅을 향해 오늘 조국을 떠난다. 지구 반대편 그곳 한국에서 그대들은 우리 에티오피아가 그렇게 주장해 온 세계 평화를 위한 집단안보 원칙을 조국 에티오피아를 대표하여 실현할 것이다…. 한국에 유엔국의 일원으로 참전하는 것에는 많은 시간과 노력 그리고 예산이 필요함은 처음부터 자명했다. 그러한 어려움을 충분히 잘 알고 있지만 우리 에티오피아는 전투병을 파병하기 전부터 한국에 즉각적인 지원을 하기에 주저하지 않았노라. 사랑하는 나의 전사들이여, 우리 조상들과 우리의 독립을 지키기 위해 수천 년 싸워 온 선열들의 혼백이 그대들을 지켜 한국전선에서 싸울 그대들의 손발을 강건케 하여 승승장구케 하리라…." '하일레 셀라시에 1세'가 강뉴부대

에티항공

대원들을 한국전에 파병할 때 한 연설을 읽는데 심장이 터질 것 같았다.

253번의 전투에서 253번 승리한 황실 근위대 강뉴부대. 강뉴부대 부대원들은 '초전박살'이라는 부대이름에 걸맞게 치열한 전투 속에서 하나뿐인 소중한 목숨을 걸고 자신들과 아무 상관없는 우리나라를 지키던 용감한 군인이었다. 그들은 휴식 시간이면 죽음의 공포와 두려움에 떨고 있는 보화원 아이들과 함께 지내면서 두려움을 잊게 해 주는 형들이고 오빠들이었다. 그리고 십일조를 모아서 그 아이들이 잘 자라도록 선행을 베푼 친절한 젊은이들이기도 했다. 나는 군인 한 명 한 명의 숭고한 희생과 자신의 목숨을 내놓고 지켜준 우리나라의 평화에 감격했고 마지막 책장을 덮는 순간까지 숙연했다.

세계 평화를 위해 배를 타고 지구 반 바퀴를 건너와서 목숨을 다해 싸운 그분들의 고귀한 피가 깊이 스며든 대한민국에서 태어나고 성장한 내가, 이제는 그들의 나라에서 아주 적은 시간인 1년 2개월을 함께할 수 있는 기회를 가진 것에 감사했다. 아무리 최선을 다해서 봉사활동을 한들 목숨까지 내놓은 강뉴부대 군인들의 숭고한 희생을 흉내도 낼 수 없겠지만….

겨울답지 않게 따스한 햇살이 평화롭게 내리쬐던 1월 3일. 우리 동기 6명을 태운 비행기는 에티오피아를 향해 출발했다.

아기가 돼

기존 단원들의 현지어 수업은 교사가 사무소에 와서 가르쳤으나 우리 기수는 학원에 가서 배우게 될 것이라고 했다. 학원의 교육 방식은 매우 독특했다. 5단계 수업이 있는데, 1단계에서는 수업 시간에 교사만 말할 수 있고 2단계에서는 교사가 질문할 때만 학생이 대답할 수 있단다. 우리 기수는 빠르면 2단계 시작할 즈음 떠날 것이라고 했다. 이 교육 방식에 대해 '아기가 태어나서 엄마와의 상호 작용을 통해 무한 반복 듣기를 한 뒤 말이 저절로 튀어나오는 과정'으로 이해하라고 했다.

학원은 외국인 수강생들에게 말과 글만 가르치지 않았다. 1교시가 끝나는 10시가 되면 우리는 아기가 된 것처럼 원장님을 따라 골목골목을 돌아 하이미 식당으로 향했다. 우리가 도착하면 아주머니은 식당 맞은편에 있는 쓰러질 듯한 작은 빵집에서 막 구운 빵을 진한 커피와 함께 주셨다. 속이 무척 부드럽고 입에서 살살 녹는 동그란 모양의 바게트였다.

원장님은 그 맛있는 빵을 꼭 2인당 1개 분량으로 시켜 주셨고 먹다만 것 같은 부족함에 나는 항상 입맛을 다셨다. 지금 생각해 보면 그 채워지지 않은 식탐으로 인해 우리는 점심시간이면 현지 식당을 찾았는데, 아마도 이를 통해 자연스레 에티오피아 문화에 스며들도록 하려 했던 원장님의 배려가 아니었나 싶다.

우리가 학원에서 열심히 배웠던 에티오피아 언어의 문자는 피델이라고 부른다. 에티오피아는 암하릭을 공용어로 사용하지만 현지에 가면 지방어를 더 많이 사용하기 때문에 학원에는 여러 지방어를 가르치는 교사들과 지방어를 배우는 학생들이 많았다. 우리 기수를 가르치기 위해 티그라이에서 온 교사의 이름은 사무엘이었다. 사무엘은 티그라이주 주도인 메켈레 시청 수도국에서 일하는 공무원인데 20일 동안 장기 휴가를 내고 돈을 벌러 왔다고 했다.

에티오피아는 공무원의 월급이 너무 적어서 대부분 자신처럼 여러 가지 일을 한다고 했다. 국내 교육 1개월 동안 에티오피아 공용어인 암하릭을 배우다가 왔는데 현지에서는 파견지에서 사용할 티그리냐를 배우니 같은 피델이라도 무척 혼란스러웠다. 나는 좋아하는 잠을 줄여 가며 공부할 수밖에 없었다.

그날 배운 것 중에 중요한 부분과 요점을 교사가 불러 주면 학생들은 녹음을 했다. 숙제는 녹음한 것을 3번씩 듣고 오는 것인데 나는 10번씩 듣기로 결심했다. 첫날은 아주 쉬웠다. 하지만 다음날부터는 들을 내용이 누적되니 힘들었다. 그렇게 열심히 공부하던 중에 서러운 일이 생기기 시작했다. 고산병으로 일찍 잠자리에 들고 늦게 일어나는 젊은 단원들은 숙제를 하지 않을 때도 질문하면 척척 대답하는데 나는 졸린 눈을 비비면서 늦게까지 복습하고, 새벽에 일어나서 복습하는데도 사무엘의 질문에 두꺼비가 된 것처럼 눈만 껌뻑이는 날이 계속되는 것이었다.

공부하는 것도 때가 있다는 말이 사실인가?

사무엘은 숙제 검사를 철저히 했다. 학생들에게 몇 번 들었는지 질문하고 적었는데 내가 들은 숫자는 다른 동기들이 들은 것보다 훨씬 많았지만 젊은 단원들의 '척척'과 나의 '껌뻑껌뻑'이 계속되면서 나는 '공부도 다 때가 있다'는 말이 사실이라고 인정하기 시작했다. 피델을 아무리 그려도 그림 공부 수준을 벗어나지 못하면서 나는 좌절에 또 좌절을 겪었다.

그러나 국내 교육을 포함해 두 달이 가까워지면서 녹음 내용을 열심히 들었던 귀와, 피델을 열심히 그렸던 손은 배신하지 않고 조금씩 효과를 보여주기 시작했다. 안경 모양, 임신부가 서 있는 모양, 우산을 들고 서 있는 어린이 모양 등 도저히 따라 그릴 수도 없었던 이상한 꼬부랑 피델이 점점 예쁜 모양의 글자로 거듭난 것이다. 반복해서 들었던 단어들도 입 밖으로 튀어나오기 시작했고, 시장이나 마트에서 필요한 물건도 살 수 있게 됐다.

아기가 되어

한국은 2017년 1월,
에티오피아는 2009년 5월

수업을 시작하는 종이 울리자 사무엘이 화이트보드에 '2009년 5월 17일'이라고 썼다.

"자, 오늘은 연도와 날짜 읽는 법을 배울 거야."

"사무엘, 오늘은 2017년 1월 25일이야."

"무슨 소리. 2009년 5월 17일이야."

사무엘은 자신의 휴대전화를 켜서 날짜와 시간을 보여주었다.

"사무엘, 우리가 한국에서 에티오피아에 오는 비행기를 탄 것이 2017년 1월 3일이라고. 오늘은 우리가 에티오피아에 온 지 22일이 지났고."

우리도 휴대전화를 켜서 날짜와 시간을 보여주었다.

"무슨 일 있나요? 교실이 왜 이렇게 시끄러워요?"

"오늘은 2017년 1월 25일인데 사무엘이 자꾸 2009년 5월 17일이라고 해요."

교사만 말할 수 있는데 우리 교실이 소란스러워지자 원장님이 들어왔다.

"여러분, 에티오피아에 대해 공부하실 때 에티오피아 달력은 여러분이 사용하는 달력과 다르다는 내용을 배웠을 텐데요."

"아, 맞다."

현지 적응 교육 때 배운 내용이 기억났다. 에티오피아 달력은 우리가 사용하는 달력과 다르다. '해외봉사단이 쓴 봉사활동안내서'와 학원원장님의 설명에 의하면 에티오피아 달력은 12개월이 각각 30일씩에 남은 5일이나 6일을 모아서 13번째 달이 하나 더 있는, 즉 13개월로 나눈 게즈력을 따른다. 에티오피아 정교는 예수 탄생일을 기원후 A.D. 7년으로 간주하기에 에티오피아력은 그레고리력보다 7년 8개월이 늦다. 그리고 에티오피아 새해의 시작은 우리처럼 1월 1일이 아닌 9월 11일이다. 달력이 다른 것처럼 시간 체계도 달랐다. 낮과 밤을 각각 12시간으로 계산하는데, 일출을 하루의 시작인 0시로 삼고 일몰을 하루의 끝인 12시로 여긴다.

"사무엘, 미안해. 에티오피아의 달력과 시간에 대해서 배웠는데, 우리 모두 깜빡했네."

우리가 사과하자 선한 사무엘은 당황하면서 괜찮다고 했다. 현지 시간과 유러피언 타임이 달라 에티오피아에서 지내는 동안은 정신없는 숫자에 익숙해져야 하는데 큰일이다 싶었다. 아니나 다를까 파견지에 갔을 때는 더 깊은 시골이라 우리에게 익숙한 유러피언 타임과 현지 시간이 뒤섞여 정신을 똑바로 차리지 않고 현지인들과 약속을 했다가 서로에게 불편한 상황이 여러 번 발생했다. 이 때문에 나는 코아카에서 만든 현지 달력을 끼고 살았다.

K-May

우리 팀 이름은 'K-May'다. K는 코리아의 약자이고 May는 티그리냐로 '물'이라는 말로, K-May는 '한국에서 온 물'이라는 뜻이다. 아프리카에서도 물은 귀하디귀하다. 모든 사업을 마무리하러 온 우리 팀이 이곳에서 지내는 동안 물을 귀하게 여기는 마음처럼 서로가 서로를, 그리고 주민들을 귀하게 여기자는 뜻에서 그렇게 정했다.

우리 팀은 총 5명으로 한국인 3명, 티그라이인이 2명이었다. 먼저 우리 팀 막내이자 강한 정신력의 소유자 알렘이 있다. 한국에서 영어 영문학을 전공하고 미국에서 인턴 생활을 하다가 우리 팀 통역으로 파견됐는데 까무잡잡한 피부에 미국인들까지도 교포냐고 물을 정도로 영어 실력이 출중하고 일머리가 탁월한, 귀엽고도 당찬 주니어 단원이다. 연장자 2명이 숫자에 약하다는 이유로 알렘은 통역에 거버넌스 구축 사업 그리고 회계까지 맡게 돼 파견 기간은 물론 에티오피아를 떠나는 날까지 사업비를 정산하느라 바쁘게 지냈다. 코이카 교육원에서 현지어 교육을 받을 때 만났던 에티오피아인 선생님은 그녀에게 "지구촌 봉사활동의 첫 단추를 에티오피아에서 꿰어 고맙다"며 현지어 이름을 우리말로 '세상'을 뜻하는 알렘으로 지어 주었다.

두 번째는 키가 크고 웃는 얼굴이 예쁜 테스파네쉬. 그녀는 사회복지를 전공하고 교육 현장에서 일하던 중 대학교 때 다녀온 코이카 봉사활동이 그리워 잘 다니던 직장을 그만두고 에티오피아로 날아왔다. 그녀는 새로운 것에 호기심이 많아 이것저것 먹어 보고 시도해 보고 직접 다녀 보는 타고난 여행가다. 강한 햇살 속에서 사진을 찍어도 전혀 찌푸리지 않고 화사하게 미소 짓고 있어서 비결을 물어보았더니 "1년 이상 거울을 보고 예쁜 미소 짓는 표정 연습을 했다"고 하여 따라 했는데, 나는 주름만 더 늘었다. 우리 팀 서기였던 그녀는 문화, 보건, 교육 분야를 맡았다. 그녀의 에티오피아식 이름 테스파네쉬는 우리말로 '희망'을 의미한다.

그리고 나는 안전하고 편안한 것을 좋아하며 아프리카를 좋아하지만 낯선 곳으로의 여행은 그다지 좋아하지 않는 개척가다. 에티오피아에서 활동하는 동안 나는 내 한국 이름 '대원'을 그대로 사용했다. 그리고 나는 우리 팀의 팀장이다.

현지 통역인 아스파우슨(우리는 '아스파'라고 불렀다)은 영어를 전공하고 영어 학원을 운영하면서 영국의 NGO에서 근무한 경력이 있는 30대 청년이다. 일주일에 2권 이상의 책을 읽고, 극단 연출을 맡으며, 시까지 쓰는 낭만적인 친구다. 아스파의 한국식 이름은 '도원'인데, 에티오피아에서 우리의 길이 돼 준다는 뜻으로 '길 도(途)'에 나와 돌림자로 '으뜸 원(元)'을 따서 지어 줬다.

운전기사 저말은 독실한 이슬람교도 신자다. 20대 중반의 그는 우리를 만나고 한 달이 지나 결혼했다. 결혼 전 저말의 집도 유복한 편이었는데, 신부가 열아홉 살로 아주 어리고, 장인이 메켈레 시내에 있는 도매시장 절반 이상을 가진 재력가라는 것 때문에 갑자기 유명해졌다.

저말의 첫 아이 태몽은 내가 꿨다고 나는 주장한다. 꿈에서 축구공만큼 큰 포도알들이 주렁주렁 매달려 있는 포도송이가 있어서 손을 뻗자 가장 큰 한 알이 내 품 안으로 쏙 들어왔다. 깜짝 놀라서 깼는데 꿈이 너무 생생해 SNS로 친구에게 얘기해주자 친구는 "태몽 같다"라고 했다.

"저말, 혹시 네 아내 임신했어?"
"어? 어떻게 알았어?"
"음~ 그냥."

"지난주에 병원 갔는데 임신이래."

"우와~ 축하해. 진심으로."

나는 한국의 태몽이 에티오피아에서도 먹히는 것이 신기했다.

물로 덮인 마을

코이카에서는 개발도상국의 농촌개발을 위해 다양한 프로그램으로 봉사자를 파견하고 있다. 내가 다녀온 프로그램도 그중 하나였다. 이 프로그램의 특이한 점은 팀으로 운영된다는 것이다. 어느 지역이 농촌개발 시범 마을로 선정되면, 코이카에서는 5개 기수의 단원들을 시범 마을에 파견한다. 한 기수당 파견 기간은 1년 2개월이다. 파견된 단원들은 지역 주민·공무원과 함께 소통하며 마을의 소득증대, 생활 인프라 구축, 의식 개혁을 기본으로 실질적인 농촌의 빈곤 문제 해결을 지원한다.

궁극적으로는 농촌개발 시범 마을 사업이 종료된 후에도 주민들 스스로 마을 발전을 위해 지속해서 개발할 수 있게 한다. 창조적이고 적극적인 활동을 통해 인근 마을에도 전파하여 농촌에서부터 개발의 파도가 그 나라를 덮치도록 하는 것을 목표로 한다. 그 목표를 달성하기 위해 내가 파견된 마이막덴은 에티오피아의 가장 북쪽에 위치한 티그라이주의 주도 메켈레시에서 차로 40분 정도 떨어진 곳에 있는 인심 좋은 시골 마을이다. 마이막덴에는 약 300가구에 2400여 명의 주민이 살고 있고, 유치원과 초등학교 그리고 고등학교까지 있다.

마이막덴을 의역하면 '물로 덮인 마을'이다. 그러나 지명과는 다르게 1년 중 대우기인 8월 중순부터 9월까지 약 한 달 보름을 제외하곤 비가 내리지 않아 마이막덴엔 항상 물이 부족하다. 마이막덴이 농촌개발 시범 마을로 선정되면서 봉사단원들과 주민들은 우기의 물을 보관하여 건기에 사용하는 방법을 놓고 다양한 궁리를 했고, 이에 필요한 공사를 진행했다.

마이막덴이 농촌개발 시범 마을로 선정된 것은 2012년 7월부터다. 그동안 22명의 단원이 임업, 농업, 지역개발, 사회복지, 유아교육, 영어통역 등 각각의 전문 분야를 가지고 마을 발전을 위해 주민들과 함께 힘썼다. 1기 선배 단원들은 주민들과 함께 '소득증대 사업의 자립 및 주민의식 변화'를 목표로 정했고, 첫 사업으로 마을회관을 신축했다. 그리고 1기부터 4기까지 선배 단원들은 워터 펌프를 교체하고 물탱크 파이프를 연결해 253가구에 물 공급을 도왔다. 덕분에 물을 긷느라 학교를 수시로 결석하

물 공급이 가능해진 가정집의 수도

던 학생들이 교실에 앉아 학업에 집중할 수 있게 됐다.

집안에서 숯을 피우는 전통방식의 아궁이에 연통을 설치하는 주방 개선 사업을 진행하면서 주민들의 건강에도 신경을 썼다. 또한 길바닥에 앉아 가축들과 뒹구는 아이들의 교육을 위해 마이막덴 초등학교에 공립 유치원을 설립했다. 쓰러져 가는 마이막덴 초등학교 건물을 상당 부분 보수하고, 청년들을 대상으로 재봉 기술자, 미용 기술자, 벽돌 시멘트 기술자, 미장기술자, 자동차정비 기술자 등을 양성해 청년 일자리 창출과 창업에도 한몫했다.

미망인과 무직 청년들을 중심으로 양계사업을 지원하기도 했는데, 우리가 달걀을 많이 사 먹었던 인디하프티아주머니 말에 의하면 양계사업 덕분에 자신을 비롯해 세 들어 살던 다수의 주민들이 자기 집을 갖게 됐고 그들의 자녀들이 학업을 계속할 수 있게 됐다고 했다. 우리 선배들은 마을에 1개의 저수지와 3개의 사방댐(산사태나 홍수를 막기 위한 둑)을 설치해 우기의 물을 건기에 사용할 수 있게 돕기도 했다. 청결한 위생상태를 유지할 수 있도록 총 5차에 걸쳐 236가구에 화장실과 샤워실을 설치해 질병 예방에도 힘썼다.

우기가 되면 땅이 푹푹 파이고 물에 잠기는 마을 안길을 정비해 비탈길을 안전하게 오르내릴 수 있게 한 것 또한 우리 선배들이다. 그뿐 아니다. 우리 선배들은 시범농장 운영을 통해 선진농업기술을 전하면서, 조금이나마 가계소득에 이득이 되는 삶을 가르쳤다. 또 마을 중앙에 공동시장을 만들어 시장경제를 활성화시켰다. 삶의 질 향상은 우리에게 이전의 삶으로 돌아가고 싶지 않은 긍정적인 욕심을 불러온다. 주민들은 그 욕심을 다양한 환영 인사로, 여러 가지 고마워하는 표현으로 보여주었다. 이 모든 것이 선배 단원들의 노고 덕분이었다.

우리가 해야 할 일

파견지가 결정되고 팀장이 되고부터 내가 가장 공들인 것은 바로 '사업계획서'였다. 1년 2개월은 너무 짧았고 우리는 세월을 아껴야 했다. 이 때문에 현장 정보를 최대한 많이 수집해 시행착오를 줄이고, 주민들과 코이카 그리고 재단이 요구하는 임무를 완성하기 위해 군더더기 없는 사업계획서가 필요했다. 우리 팀이 파견된 때는 마이막덴이 5년 시범사업을 마무리하는 시점이었다. 따라서 우리 팀에는 1기부터 진행된 모든 사업을 잘 마무리함과 동시에, 시범사업이 종료된 후에도 주민들 스스로가 마을 발전을 위한 지속가능성을 고민하고, 방법을 찾고, 자주적으로 실현할 수 있도록 돕는 과제가 주어졌다.

더 자세하게는 일방적인 정부의 통치가 아니라 모든 시민과 이해관계자들이 참여할 수 있는 거버넌스 구축사업으로 마을 안에서는 운영위원회를 활성화하고, 마을 밖에서는 필요한 네트워크를 개발해야 했다. 또 주민들의 의식 변화를 위한 역량 강화와 교육사업을 진행하고, 다양한 협동조합 운영을 통해 단원들이 철수한 뒤에도 공동체가 함께 발전하도록 해야 했다.

나는 안동교육 때 에티오피아 재단 소장님이 작성했다는 사업계획서 초안을 전달받았다. 얼마나 많이 읽고 숙지했는지, 몇 장에 무슨 내용이 있다는 것을 거의 외울 정도였다. 특히 건축에 문외한인 나는 시간이 날 때마다 인터넷을 뒤지고 건축 관련 일을 하는 지인들을 찾아다니며 묻고 또 메모했었다.

최근 마이막덴 담당 공무원들과 원로회가 상당히 비협조적이라는 얘기를 들었던 우리는 파견지에 도착한 첫날 원로회와 공무원들을 먼저 찾았다. 그리고 주민들과의 첫 만남에서 그동안 주민들과 선배 단원들이 열심히 노력한 결과물에 대해 아낌없이 칭찬하고, 앞으로도 변함없는 자발성과 주인의식을 고취해 마을 발전에 최선을 다하자는 내용을 전달하는 데 많은 신경을 썼다. 그 자리에서 발언하는 주민들의 목소리에도 귀를 기울였다.

동사무소 공무원 회의를 시작으로 마이막덴의 운영위원회·부녀회·청년회 회의가 줄줄이 이어졌다. 주민들과의 라포 형성에 집중하며, 동시에 주민들과의 인터뷰, SWOT 분석, 선배 단원들이 남겨 놓은 기록물 등의 객관적인 자료 분석에 최선을 다했다. 많은 사항 중에서 우선순위를 정하면서 시범사업 5년 차의 현실을 진단했고 2월 14일에 드디어 사업계획서가 완성됐다. 재단에서는 이런저런 이유로 4월 중순까지도 사업계획서 변경을 요구했다. 재단이 요구하는 사업계획서에 가깝도록 수정하는 동안 펄펄 끓던 우리 열정은 점점 식어가고 있었다. 그러나 어렵게 결정한 이 소중한 시간을 헛되게 내버릴 수는 없다는 데 의견을 모았다.

먼저 그동안 선배 단원들이 마을에서 한 사업들을 2015년 9월 세계 유엔 회원국들이 모여 합의한 지속가능 개발목표(UN SDGs)와 연결해서 정리하고 기록했다. 두 번째는 돈을 안 들이면서 할 수 있는 사업인 사람을 만나는 일에 집중했다. 예를 들어 거버넌스 구축을 위해 메켈레대학교, NGO, UN 사무실 등을 방문해 우리 사업을 알렸다. 티그라이주에 있는 태권도협회와의 협업도 추진했다. 덕분에 선수들에게 검은 띠를 전달하는 승급식에서 기쁜 마음으로 격려사를 하는 영광도 맛보았다. 마을에서는 주민들을 대상으로 한 새마을 교육에 공을 들이면서 사업 진행에 대한 재단의 허가를 기다렸다.

다금암살 브좌 게자

버스 정류장에서 내리면 바로 보이는 우리 집을 동네 사람들은 '다금암살 브좌 게자(다금암살에 있는 노란색 집)'라고 불렀다. 금발의 매력적인 개 '부치'가 무섭게 지키고 있는 대문을 들어서면 좌우로 텃밭이 있고 안쪽에 3층 집이 우뚝 서 있다. 1층은 내가 살고 2·3층은 주인집 가족이 산다. 대문을 들어서면 보이는 바닥의 촘촘한 블록에서 아주 깔끔하고 꼼꼼한 주인아저씨의 성품을 엿볼 수 있었다. 텃밭에는 망고·사과·구아바·아보카도 나무가 있고, 나무들 사이에는 토마토와 상추·고추 등을 심어 놓았는데, 내가 이사하고부터 주인아저씨는 모든 과일과 채소의 첫 열매를 나에게 나누어 주며 이렇게 말씀하셨다.

"대원, 이거 첫 수확이야. 이거 먹고 더 건강해져."

대문 옆 부치는 어찌나 무섭고 사나운지 동네 사람들이 다 무서워했다.

"이 개는 이름이 뭔가요?"

"이름? 음~ 부치라고 불러요."

나중에 알고 보니 앞집 개도 부치, 뒷집 개도 부치, 옆집개도 부치, 알렘네 개 이름도 부치였다. 대부분의 개들 이름이 부치였던 것이다. 아마도 '부치'는 우리나라로 치면 '누렁이' '흰둥이' '바둑이' 같은 느낌이 아닐까? 하는 생각이 들었다.

주인아저씨의 이름은 아라가워 아바이다. 영어에서 남자 어른을 높일 때 쓰는 'Mr.'처럼 에티오피아에서는 '아토'를 사용하기 때문에 나는 주인아저씨를 '아토 아라가워'라고 불렀다. 주인아저씨에게는 부인 엘사 아주머니와 의대생인 딸 그리고 고등학생 아들이 있다. 계약 당시 살림살이 전혀 없이 집만 임대한다는 아저씨를 아디스알렘 팀장님이 함께 설득해 줘 꼭 필요한 가구 몇 가지를 포함해서 임대해 주기로 했다.

퇴근 후 이삿짐을 가지고 도착하니 집 안에는 푹 꺼지고 더러운 매트리스, 부서질 것 같은 옷장, 가스레인지 그리고 4인용 식탁 한 개만 놓여 있었다. 한숨이 나왔지만 짐을 옮겨 놓은 채 늦은 밤 더러운 매트리스에

침낭을 깔고 몸을 뉘었다. 이삿짐을 풀고 집을 예쁘게 꽃단장하는 것이 주말 계획이었다.

그러나 푹 꺼지고 벼룩이 가득한 더럽고 냄새나는 매트에서 잠을 자고 나니 머리가 지끈거리고 온몸이 불덩이 같아서 아무것도 할 수가 없었다. 얻어맞은 것같이 아프고 벼룩이 전신을 공격해서 가렵지 않은 곳이 없었다. 너무 아픈데 텅 빈 집에 혼자 있다가는 서러움이 폭발할 것 같아서 빈속에 진통제 한 알을 털어 넣고는 아디스알렘 팀장님 댁으로 피신했다. 사모님은 눈이 퀭하고 벼룩에 물린 곳을 박박 긁고 있는 내가 불쌍하다며 맛있는 된장찌개를 끓여 주셨다.

'역시 된장찌개가 약이군.'

뜨거운 밥에 된장찌개를 먹고 나자 정신이 들었다. 아디스알렘 팀장님과 함께 아픈 몸으로 집에 오자 아라가위는 "내 딸, 몸이 왜 그래? 어디 아파?" 하고 물었다. 아디스알렘 팀장님이 나 대신 "어젯밤 잔 매트 때문인 것 같으니 새 매트를 사줄 수 있느냐"고 묻자 아저씨는 흔쾌히 알겠다고 했다. 함께 매트리스를 사러 시장에 가면서 아저씨는 나를 감동시켰다.

"대원, 힘들거나 필요한 것 있으면 언제든지 말해. 너는 내 딸이고, 내 가족이야. 우리나라를 위해 너희 팀이 하는 일을 나는 정말 고맙게 생각하고 있어. 봉사활동이 끝나고 한국으로 돌아갈 때까지 내가 너를 지켜 줄게."

나는 거지 같은 매트를 준 아저씨를 언제 원망했냐는 듯이 두 손을 모으고 눈을 깜빡이며 고마움을 표시했다. 이후에도 나의 요구가 한 가지씩 늘어날 때마다 아라가워는 한 번도 싫은 내색 없이 가구를 채워 주었다. 봉사활동을 마치고 아디스아바바로 떠나는 날 우리 집에는 처음에 없던 책상과 휴대용 의자 그리고 소파까지 생겼다.

고마웠던 아라가위 아저씨

부치

'이대로는 안 되겠어. 무슨 대책이 있어야지.'

오늘도 나를 보고 미친 듯이 짖어대는 부치 때문에 동네가 다 시끄러웠다. 지나가지도 못하게 으르렁거리는 저 개를 도대체 어쩌면 좋은가.

"오늘도 물릴 뻔했어요. 휴~."

푸념을 듣던 아디스알렘 팀장 사모님이 좋은 팁을 주었다.

"대원씨, 고기에 침을 묻혀서 줘 봐. 개들은 자기가 먹는 음식에 묻은 침의 주인은 물지 않아."

"진짜요?"

나는 얼른 집으로 달려갔다.

아라가위가 준 생양고기를 꺼내 프라이팬에 굽기 시작했다. 다 구워지자 조금 더럽게 느껴졌지만 침을 뱉어 잘 섞은 후 부치에게 갔다. 부치는 여전히 으르렁거렸지만 내 손에 들린 고기 냄새 때문인지 덜 사나웠다. 양고기를 먹으면서도 경계하던 부치는 다 먹자 또 사납게 짖었다.

'어? 이상하다. 분명히 사모님이 자기 음식에 묻어 있는 침의 주인은 물지 않는다고 했는데 부치는 왜 저러지? 에티오피아 개라서 다른 건가?'

나는 미친 듯이 짖어대는 부치가 무서워서 집으로 뛰어 들어갔다.

'이건 진짜 비상식량인데….'

양고기로 실패한 나는 한국에서 보내온, 꼭꼭 숨겨 둔 햄 통조림을 꺼냈다.

'힘들고 외로울 때만 꺼내서 먹는 귀한 음식이 부치에게 가야 하다

니…. 그래도 무서워 떨거나 집에 갇혀 있는 것보다는 낫지.'

엄청난 갈등 속에 햄을 나눠 먹는 것을 선택한 나는 햄을 먹기 좋게 자르고 프라이팬에 올려 구웠다.

'으아~ 냄새~. 이건 뜨거운 쌀밥에 척 올려놓고 먹어야 하는 건데.'

먹고 싶은 것을 어렵게 참으며 열심히 구운 햄을 가지고 부치에게 갔다. 부치는 문이 열리는 순간부터 야단법석을 떨었다. 송곳니를 보이면서 으르렁거렸다. 나를 물어뜯을 준비가 완벽하게 된 부치에게 햄을 가지고 다가가자 어느새 입에서 침이 뚝뚝 떨어지고 부치의 눈은 햄에 가 있었다.

어제는 부치가 보지 않는 데서 침을 섞었기 때문에 그 침의 주인이 나인지 몰라서 그런 것 같았다. 그래서 오늘은 맛있게 구워진 햄에 부치가 보는 앞에서 침을 뱉어 골고루 바르면서 말했다.

"부치야~ 이거 내가 진짜 아끼는 거야. 여기서는 안 팔아서 살 수도 없어. 네가 이거 좋아하는지 모르겠지만 침 흘리는 거 보니 좋아하는 것 같네. 너랑 친해지고 싶어서 내가 먹고 싶은데 참고 너한테 양보하는 거야. 부치야~ 이거 먹고 나랑 친하게 지내면 안 될까?"

"으르릉~"

부치는 물어뜯을 자세로 잔뜩 경계하면서도 햄을 게 눈 감추듯 삼켰다. 다음날도 또 다음날도 나는 햄을 구워 부치에게 다가가서 침을 묻혔다. 서서히 나와 친해진 부치는 어느덧 내 보디가드가 됐고, 나와 주인아저씨가 함께 있어도 내 옆에 찰싹 붙어 있는 자석이 됐다. 퇴근한 나를 보고 반갑게 달려와 안기고 좋아하자 알렘과 테스파네쉬는 기적이 일어났다고 했다.

나는 아직까지 바깥을 못 나간 부치에게 바깥세상을 구경시켜 주고 싶어 아라가위를 여러 번 설득했지만 매번 실패했다. 아저씨의 대답은 언제나 '바깥으로 나가면 부치가 위험해서 안 돼'였다. 내가 보기엔 나른 사람들에게 부치가 위험했지만 아저씨 눈엔 부치가 아직도 강아지로 보이나 보다.

전기 쇼크

'으~ 도저히 못 참겠다. 난 분명 아프리카에서 얼어 죽은 최초의 인물이 될 거야.'

출근을 위해 씻으러 욕실에 들어갔다가 뛰쳐나오면서 외친 혼잣말이 집안 가득 울림이 돼 내 귀로 다시 돌아왔다. 북극 날씨 같이 느껴지는 베겔레의 체감 온도가 미워도 너무 미웠다. 추운 날씨가 이어지자 도저히 찬물로 씻을 수 없어 출근 전 이른 아침에 아라가위를 찾아갔다.

"아토 아라가위. 너~무 추워서 찬물로 못 씻겠는데 욕실에 온수기 좀 설치해 줄 수 있을까요?"

"물론이지. 설치해 줄게. 대원, '너를 어떻게 하면 우리 집에서 안전하고 편하게 살게 할 수 있을까?'가 최근 나의 가장 큰 고민이야. 그래서 내 친구들 가운데 외국인에게 집을 임대해 준 사람들에게 물어보니 외국인들은 화장실에 온수기가 꼭 있어야 한다고 하더라. 그래서 나도 설치하려고 생각하고 있었어. 기술자 친구 하일레에게 연락해 보고 언제 가능한지 얘기해 줄게. 어때?"

"우와~ 정말 좋아요."

"아스파, 아토 아라가위가 화장실에 온수기 달아준대요. 나 이제 따뜻한 물로 씻을 수 있게 됐어."

그렇게 자랑한 온수기가 우리 집에 설치된 것은 열흘이나 지난 뒤였다. 에티오피아는 느려도 너무 느렸다. 아저씨와 하일레가 온수기를 달고 나가자 나는 욕실을 대청소했다. 나는 따뜻한 물로 씻을 수 있다는 기대감에 부풀어 행복했다. 샤워기 코드를 꽂고 5분 정도 지난 후 물을 틀자 물이 서서히 따뜻해졌다. 행복한 나는 머리부터 발끝까지 물을 묻히고 샴푸 하기 위해 수도꼭지를 잠그려 했다.

"악!"

수도꼭지를 잡은 손에 느껴진 전기 충격에 놀란 내 몸은 튕겨졌다. 몸이 튕겨지면서 벽면에 튀어나온 뾰족한 샤워기 걸이에 머리를 '쾅' 부딪혔다. 머릿속에서 별들이 춤을 췄고 나는 쓰러졌다. 얼마큼 지났을까 추위가 느껴져 눈을 뜬 나는 얼른 옷을 주워 입고 수건으로 손을 싸매고 수도꼭지를 잠갔다.

"아토 아라가위. 하일레 좀 다시 불러주세요. 온수기가 이상해요. 손에 물기가 있을 때 수도꼭지를 잡았다가 전기가 통해 놀랐어요."

주인아저씨는 얼른 하일레에게 전화를 했다. 하지만 전화 속 하일레는 괜찮다며, '원래 그런 거니까 너무 걱정하지 말라'는 얘기를 하는 것 같았다.

"대원, 그거 괜찮다는데?"

"아니요. 손에 물이 묻은 채로 수도꼭지를 만졌을 때 전기가 통하는 것은 목숨까지도 위험할 수 있으니 바로 와서 고쳐 달라고 해 주세요."

강한 어투의 내 말에 주인아저씨는 하일레에게 와 달라고 애원하는 것 같았다. 잠시 후 현관에 들어서면서까지 툴툴거리던 하일레는 나를 보자 활짝 웃으며 말했다.

"네가 몰라서 그러는 거 같은데, 그거 원래 그런 거야. 괜찮은데도 네가 고집부려서 내가 온 것이니 출장비 줘야 해."

"뭐? 나 쓰러졌었다고. 전기충격 받았단 말이야. 그리고 전기충격 때문에 넘어지면서 벽에 부딪혀 기절했었는데 괜찮다고?"

나는 너무 열이 받아서 한국말로 막 소리쳤다. 아저씨가 말리면서 말했다.

"잠깐, 진정하고 먼저 온수기 설치한 것부터 보면 어떨까?"
"잘 봐. 네가 온수기 작동법을 몰라서 그러는 것 같은데…."

하일레는 전기코드를 꽂고 수도꼭지를 틀어 물을 만진 다음 손에 물이 묻은 것을 내게 보여주고 "자, 이제 수도꼭지를 다시 만져볼게" 하너니 "으악" 하고는 뒤로 자빠졌다. 아저씨가 하일레를 잡아 일으키면서 "하일레, 너 괜찮아?" 하고 물었다. 정신 못 차리고 고개를 끄덕이는 하일레에게 아저씨는 단호하게 소리쳤다.

"빨리 고쳐. 이렇게 위험했는데 괜찮다고 하다니."
"대원, 미안해. 정말 위험했네. 지금 당장 고치도록 할게."

그렇게 설치된 온수기는 단수와 단전이 잦아 몇 번 사용도 못 했다. 나는 전기 충격 때문인지 모르지만 얼굴은 누렇게 떴고 멍청한 눈빛에 좀비처럼 흐느적거렸다. 아디스알렘 팀장 사모님은 어릴 적 당신 고향에서도 전기충격 후 머리가 돌아버린 사람이 있었다며 맛있는 음식으로 나를 위로해 주었다.

분나 세리머니

이곳에선 마을 이 집 저 집에서 커피 볶는 모습을 볼 수 있다. 티그리냐로 커피를 '분나'라고 부르는데, 이곳은 남자아이가 여덟 살이 되면 아버지가 가축을 죽여 각 뜨는 것을 가르치고 여자아이가 여덟 살이 되면 엄마가 분나 세리머니 전통 방식을 가르친다.

에티오피아 사람들은 분나 세리머니에 손님 초대하는 것을 굉장히 좋아한다. 커피를 마시지 않던 내가 가는 곳마다 권하는 커피를 거절하자 '커피를 못 마시는 사람도 있어?'라는 눈빛과 함께 아주 이상한 사람 취급을 받게 됐다. 나는 하는 수 없이 커피 마시기를 연습했다. 우리나라

밥상을 보면 대부분 김치가 오르지만 집마다 김치 맛이 다 다르듯 이곳에도 이 집 저 집 분나 세리머니를 하는데, 맛은 다 다르다. 분나 세리머니의 형식은 이렇다.

먼저 분나 세리머니를 하는 여인은 나뭇가지나 풀잎을 뜯어 바닥에 풍성하게 깔고 예쁜 계절 꽃잎들을 그 위에 뿌려놓는다. 그리고 양철로 만든 화로에 숯을 가져다가 불을 피운다. 화로 주변에 향을 꽂는데 향이 타기 시작하며 향기를 낼 때쯤 생두를 깨끗하게 씻어 약한 불에서 오래도록 정성껏 볶는다. 생두를 한참 볶다가 연기가 피어오르기 시작하면 생두를 볶던 그릇째 손님의 얼굴 가까이 가져가 생두가 타면서 내는 연기를 쬐도록 하면서 앞날을 축복해 준다.

커피가 구수한 향을 내며 맛있게 볶아지면 손절구를 가져와 '쿵쿵' 찧어 아주 작은 가루가 될 때까지 빻는다. 다 빻은 커피 가루를 제베나라는 도자기 주전자에 넣고 물을 부은 후 끓이기 시작한다. 제베나는 지방마다 다르게 생겼는데 티그라이주의 제베나는 아래가 둥글어 세워둘 수 없어서 마우래디(제베나 받침)에 올려놓아야 한다. 밑이 평평해 세워둘 수 있는 제베나를 쓰면 편할 텐데 티그라이 사람들은 다른 지역의 것은 사용하지 않는단다.

제베나에 물을 붓고 한참을 끓이다 보면 제베나 주둥이 밖으로 커피가 넘치는데 넘치는 커피를 컵에 쏟았다가 다시 제베나에 쏟아 끓이기를

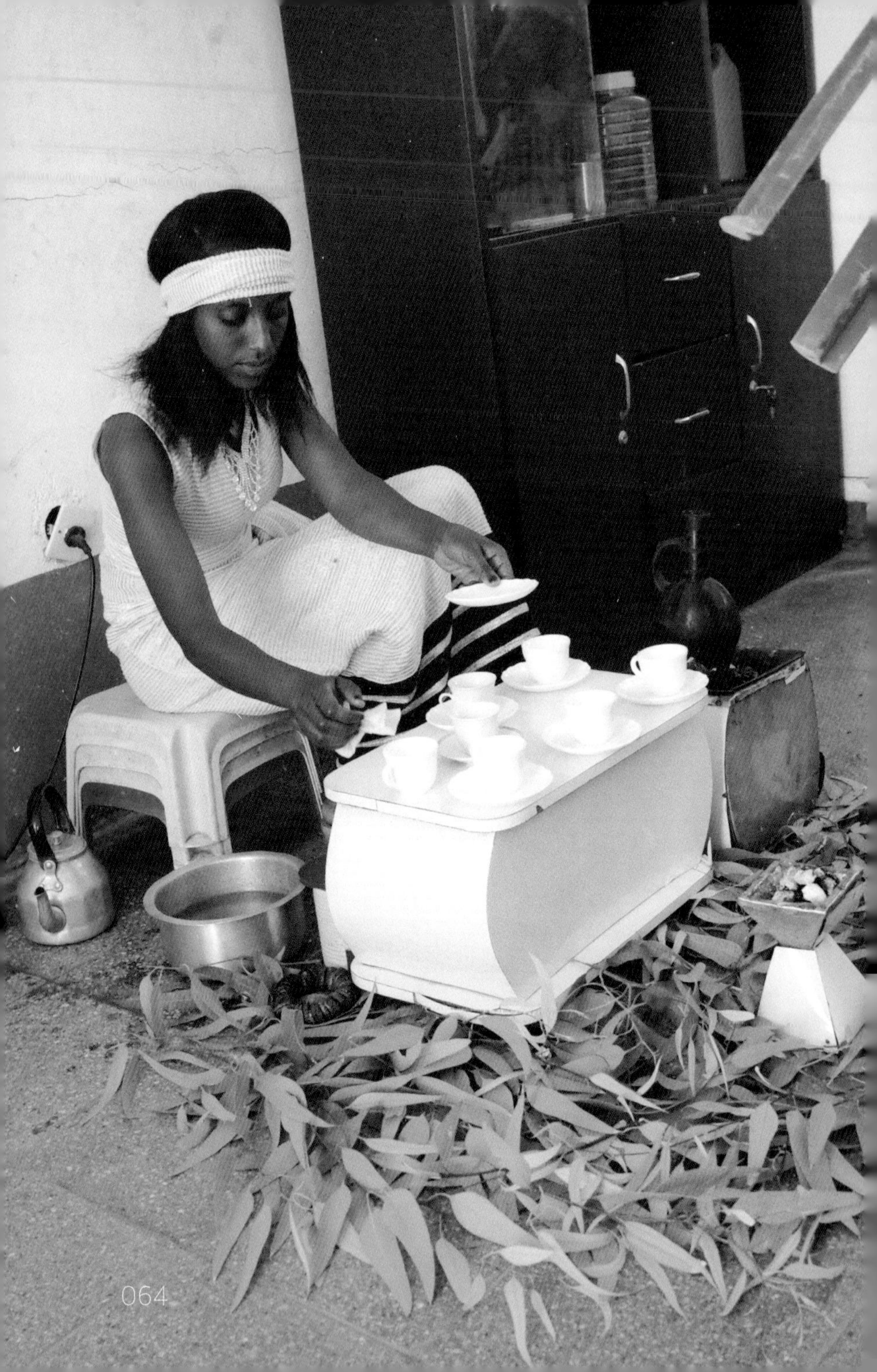

열두 번 이상 반복한다. 그러고는 한참 끓인 커피가 담긴 제베나를 마우래디에 올려놓아 커피 찌꺼기를 가라앉히면서 팝콘을 튀기기 시작한다. '파파박 파바박' 은은한 숯불에서 튀겨진 팝콘은 냄비뚜껑을 박차고 나온다. 이때 여인은 큰 쟁반에 팝콘을 넘치도록 담아 손님들에게 한 움큼씩 집어 들도록 한다. 그 후 여인은 찌꺼기가 다 가라앉은 커피를 전통 커피잔인 분잔에 따라준다.

커피를 대접받는 사람은 아월이라고 부르는 첫 잔을 받을 때는 커피를 만들어 준 여인을 향해 고마운 마음을 표현하고, 타워나라고 부르는 두 번째 잔을 받을 때는 여인에게 행운을 빌어 주며, 바라카라고 부르는 세 번째 잔을 받을 때는 그녀의 앞날을, 특별히 가정을 위해 축복해 준다.

분나 세리머니에 초대받으면 적어도 3시간 정도가 소요되는데 두 집만 초대받아도 하루가 훌쩍 지나간다. 커피를 마시면서 오가는 대화를 듣다 보면 그 사람의 사생활을 훤히 알 수 있게 된다. 부모님은 물론 조부모님과 친인척, 친구들까지의 안부를 다 묻고 그들의 일상까지 다 묻기 때문이다. 사람들이 내 나이를 물으면 선배 단원들의 조언에 따라 몇 살씩 높여서 말했는데, 이 집 저 집에서 생각나는 대로 말하면서 점점 헷갈려졌다. 어느 날 통역하던 아스파가 물었다.

"팀장님, 팀장님의 나이는 왜 자꾸 바뀌나요?"
"쉿! 아스파, 나도 몰라. 그냥 통역해 주세요."

민망한 나는 그저 둘러댔다. 그렇게 어디를 가든 내 신상은 탈탈 털리고, 보리차 색 커피도 진해서 못 마시던 나는 어느새 검은색에 가까운 커피도 마실 수 있게 됐다.

제베나

2

익숙해지며,
가족이 되며

허니문이 끝났다.
현실은 건강을 공격했고, 마음을 공격했다.

그러나
새로운 가족들의 사랑이
우리를 따뜻하게

그리고
안전하게 지켜주었다.

방수천아, 어디에 있니?

우리나라가 생리대 사건으로 아주 떠들썩해지기 시작한 해가 기억난다. 생리대가 없어서 신발 깔창에 화장지를 덧입혀서 사용하거나 집에 누워 있으면서 학교를 가지 않는다는 여학생에 관한 뉴스는 나에게 큰 충격을 줬다. 나는 강의 중 만나는 학생들과 그 보도내용을 가지고 토론했고, 대안을 고민했었다.

아프리카를 다니면서도 현지인들의 생리대 사용에 대한 고민을 지속적으로 하던 나는 마이막덴에 재봉학교가 있으며 그곳을 통해 재봉 기술자들이 양성됐다는 자료를 읽고 '면 생리대 제작사업'을 계획서에 넣었다. 재봉기술자들을 채용해 면 생리대를 만들어 판매함으로써 일자리를 창출하고 마을의 소득을 높여 SDGs Goal 8번 '모두를 위한 지속적이고 포용적이며 지속가능한 경제성장 및 완전하고 생산적인 고용과 양질의 일자리 증진'을 달성하고 싶었다. 또한 여성들이 생리대 착용으로 등교 및 직장생활이 가능해지고 활동영역이 확대됨으로써 SDGs Goal 5번 '양성평등 달성 및 모든 여성과 소녀의 권익 신장'에 다가가는 꿈을 꾸었다.

우리는 마이막덴 부녀회와의 회의 때 한국에서 가져간 면 생리대를 보여주면서 "여러분과 여러분 딸들을 위해 이것을 만들고 싶다"라고 했다. 회의에 참석한 83명의 부녀회 회원들은 소리를 지르고 박수를 치며 기뻐했다. 어서 만들어 달라고 성화였고, 우리 재봉학교에서 생리대가 만들어지면 서로가 다투어 살 것이며, 부녀회가 나서서 토요 장터에서도 팔고, 메켈레 시내에 가서도 팔겠다고 말했다.

우리 팀은 최종적으로 운영위원회와의 회의를 통해 소득사업 1순위로 면 생리대를 만들기로 결정했다. 재봉학교 선생이자 마이막덴에서 옷가게를 운영하고 있는 저말과 함께 한국에서 가져온 면 생리대를 분해했다. 그리고 면 생리대에 필요한 천을 구입하러 시장조사에 나섰다. 속지인 '면'과 겉지인 '방수천'을 구하러 메켈레 온 시내를 이 잡듯이 뒤지고, 다른 지역까지 다녔지만 구하지 못했다.

그러던 어느 날, 메켈레에서 학교 유니폼을 가장 많이 납품한다는 시몬유니폼을 알게 됐다. 우리는 사장님을 찾아갔다. 시몬 사장님은 메켈레의 섬유&의류협회 회장이라 메켈레로 들어오는 섬유에 관해서는 가장 잘 알고 있었다. 처음 만났을 때부터 친절했던 사장님은 이미 메켈레에 '천 생리대'를 만들어서 파는 사람이 있다며 연락처를 주셨다. 한 달이 넘는 연락 끝에 간신히 그분과 연락이 닿았지만, 그분 역시 방수천을 구하지 못했고, 에티오피아 어디에도 방수천은 없다고 했다.

그 사장님만 만나면 방수천을 구하고 바로 면 생리대를 만들 수 있을 것 같았는데 그 말을 들으니 하늘이 무너지는 것 같았다. 나는 생리대만 나오길 기다리는 주민들에게, 그리고 선주문한 NGO에도 죄송했다. 방수천을 못 구하게 될까봐 내가 너무 걱정하자 테스파네쉬와 알렘이 위로해 주며 말했다.

"팀장님, 너무 걱정하지 마세요. 우리 다시 시몬유니폼에 가서 방법을 찾아봐요."

"사장님, 안녕하세요. 우리 기억하세요?"

"그럼요. 방수천은 구하셨나요?"

"아니요. 소개해 주신 그분과 연락은 됐는데, 그 사장님도 방수천을 못 구했다고 합니다. 그래서 사장님을 또 찾아왔어요. 여기 오면 무슨 방법이 있을까 싶어서요."

"그럼 제가 한 달에 한 번 아디스아바바 '섬유 도매시장'에 가는데 한 번 알아볼까요?"

"그렇게 해 주신다면 저희는 너무 좋지요. 찾게 되면 꼭 연락 부탁드립니다."

그때부터 우리는 일주일에 한 번 이상 시몬 사장님에게 전화를 하거나 찾아갔다.

백문이 불여일견

코이카 소장님의 소개로 운영위원회 12명과 함께 주민들 스스로 노력해 농촌개발에 성공한 마을인 아브라하츠바 견학을 다녀왔다. 아브라하츠바의 가브리엘 이장님은 약 3시간 동안 마을 곳곳에 대한 자세한 설명을 해 주셨다. 다양한 것을 보고 배우는 동안 운영위원들은 열심히 질문하고, 적고, 각오를 다졌다. '우리 마을에 어떻게 적용할 것인가'에 대한 깊은 고민도 했다.

견학 후 회의실에 모인 그들의 토론 광경은 이랬다. 부녀회장인 아바바는 "나는 이번 아브라하츠바 방문으로 많이 놀랐습니다. 왜냐하면 15

년 전에 아브라하츠바는 황무지였고 10여 년 계속된 가뭄으로 고생했는데, 지금은 모든 것이 바뀌어 주변이 녹지가 됐기 때문입니다. 오늘 제가 배운 것 가운데 가장 중요한 사실은 우리 마을을 발전시키고 싶다면 저부터 자연을 보호하고 다 같이 열심히 노력해야 한다는 것, 그리고 노력하면 불가능이 없다는 것입니다"라고 했다.

청년회장인 예메나는 "오늘 방문한 아브라하츠바는 믿을 수 없을 정도로 대단한 마을입니다. 우리는 유용한 농업기술을 많이 배웠고, 침식으로부터 토양을 보호하는 방법을 배웠습니다. 도랑을 만들고 나무를 심고, 테라스를 만들고, 사방댐을 지음으로써 자연을 보호할 수 있다는 것도 배웠습니다. 그리고 우리 집의 공터를 잘 활용하면 직접적인 수입을 늘릴 수 있다는 사실을 깨달았습니다. 오늘 제가 배운 것들을 바로 실천할 것입니다"라고 말했다.

마지막으로 운영위원회 부위원장인 듬수는 "나는 오늘 아브라하츠바에서 이뤄낸 것을 보고 할 말을 잃었습니다. 뭐라 말을 해야 할지 모르겠습니다. 정말 대단했습니다. 특히 사방댐을 지은 방법은 오늘 배운 것들 중 가장 좋은 교육이었습니다. 모든 사방댐은 정밀한 기술로 완벽하게 지어졌습니다. 30㎞의 강에 18개의 사방댐이 있었습니다. 이것이 중요한 이유는 우기 때 모인 물을 허비하지 않아도 되기 때문입니다. 그리고 동물의 배변으로 어떻게 좋은 퇴비를 만드는가에 대해서도 배웠습니다. 그곳 주민들은 테라스를 만들고 나무를 경작지 주변에 심음으로써 모든 마을 토지를 효율적으로 사용하고 있었습니다. 우리가 방문한 시기가 건기임에도 농지에 과일과 채소가 자라는 것을 봤습니다. 이는 대단한 일입니다. 우리가 방문한 많은 농장에서 양파, 토마토, 바나나, 사과, 커피나무, 애플망고와 같은 작물들을 봤습니다. 건기에는 있을 수 없는 일이지만, 그곳 주민들이 토지를 잘 가꾸었기에 기적과 같은 일이 일어나고 있었습니다. 이 모든 것을 주민들은 15년 만에 해냈습니다. 저는 우리 마을을 대표하는 운영위원회 부위원장으로서 우리 마을과 아브라하츠바 사람들이 협력하도록 기회를 만들 것입니다"라고 소감을 밝혔다.

우리는 3월 월례회의 후 새마을 교육시간에 전달 교육을 기획했다. 아브라하츠바를 다녀온 분들은 자신들이 보고, 듣고, 느끼고, 삶에 적용한 변화들을 침이 튀도록 전달했다. 가보지 못한 주민들이 귀를 쫑긋 세우고 열심히 듣고 질문하고 다짐하는 모습이 인상적이었다. 메소보 마이막덴 마을 담당 공무원인 키로스는 "마이막덴이 시범 마을로 선정된 후 정말 많은 변화가 있었으나 주민들 스스로 자신들의 삶의 터전을 변화시키고 싶은 욕구가 이렇게 강했던 적은 없었다"고 월례회의에 참석한 소감을 전했다.

전달교육하는 아토 듬수

마이막덴에
걸어 들어온 천사,
물루 하구스

"살람?"

처음 보는 청년이 인사를 하며 사무실에 들어왔다. 그의 손에 들린 한 장의 서류에는 '메켈레대학교 협동조합학과' 학과장의 서명이 담겨 있었다. 청년의 이름은 물루 하구스. 대학원생이었다. 메켈레대학교 협동조합학과의 중점 목적은 '농촌개발'이다. 논문학기를 앞두고 있던 물루는 텔레비전에서 한국의 새마을운동을 소개하는 다큐멘터리를 보았다. 그 날부터 인터넷으로 새마을운동에 대해 조사를 시작했다. 그러던 중 에티오피아 티그라이주에 위치한 마이막덴과 아디스알렘 2개 마을에서 농촌개발운동 시범사업이 운영되고 있다는 것을 알게 됐다.

"저는 한국의 새마을운동이 농촌개발에 가장 가까운 답이라고 생각합니다. 제가 대학원 논문을 '티그라이주의 대한민국 새마을운동 시범마을에 대한 평가 : 마이막덴 연구'로 쓸 수 있도록 협조를 요청하는 공문입니다. 허락해 주시겠습니까?"

우리는 거절할 이유가 없었다.

"음~ 주민들이 귀찮아질 수 있으니 운영위원회에 가서 먼저 허락을 받아오시면 좋겠어요. 주민들이 허락한다면 우리가 도와 드릴 부분은 적극적으로 도울게요."

"사실 여러분이 한국에서 오시기 전에 주민들과 어르신들께는 허락을 받았습니다."

그날을 시작으로 물루는 우리 팀과 마이막덴에 큰 선물이 됐다. 물루는 3개월 정도 우리와 함께 출근하며 마을 안에서 농촌개발운동의 흔적들을 찾아내기 시작했다. 단원들과 주민들을 인터뷰하고, 사업지를 돌아보면서 그의 논문은 점점 풍성해졌다. 그러던 어느 날 물루가 우리 팀을 메켈레대학교 협동조합학과로 초대했다. 자신의 지도교수가 논문 제안서를 보고 한국인 봉사자들과 우리가 진행하고 있는 사업을 궁금해한다면서. 초대된 강의실에는 학과장 아라돔 박사와 협동조합학과의 교수들이 앉아 있었다. 물루의 지도교수인 테스파이의 사회로 우리 팀은 우리 사업에 대한 프레젠테이션을 했다. 마지막으로 준비한 우리나라 산림복구 영상까지 조용히 관람한 아라돔 박사는 소감을 말했다.

"그동안 많은 선진국에서 프로젝트를 제안했는데 알맹이가 없었습니다. 하지만 여러분이 소개하는 새마을운동은 적은 사업비로 농촌개발이 가능한 우리가 찾던 성공적인 모델 같습니다. 새마을운동 정신의 '근면, 자조, 협동'과 새마을운동 철학인 '하면 된다, 할 수 있다, 해 보자'는 농촌을 계몽하는 데 꼭 필요합니다. 마이막덴 팀과 함께하고 싶습니다."

우리 팀이 해야 할 사업에는 거버넌스 구축 사업이 있었다. 우리가 떠나도 마이막덴에서 농촌개발 운동이 지속되려면 정부와 엘리트 집단의 적극적인 협력이 필요하기에 거버넌스 구축을 위한 네트워크에 메켈레대학교 교수진을 넣으려고 노력했는데, 그동안 성사되지 않다가 물루를 통해 일이 쉽게 풀렸다. 그때부터 시작된 메켈레대학교와의 협력 사업은 티그라이 지역에 농촌개발운동을 풍성하게 알리는 계기가 됐으며, 교육의 기회가 부족했던 마이막덴 주민들에게는 메켈레대학교의 다양한 교육과정을 접할 수 있는 좋은 기회가 됐다.

디톡스

흙먼지가 많고 물이 부족해 채소나 과일을 깨끗이 씻는 것이 어려운 이곳에서 우리는 최대한 아픈 곳 없이 잘 지내다가 귀국해야 한다는 강박감이 생겼다. 현지 식당에서 외식을 하면 샐러드 속에 작은 애벌레가 붙어 있거나 상추 뒷면에 곤충알들이 박혀 있는 것을 발견한다. 흙이 씹히는 일이 빈번해지자 맹장염에 걸릴까 걱정됐다. 건강염려는 집에서 밥을 할 때도 마찬가지다. 수돗물을 틀면 석회는 물론 흙도 나오고, 작은 실지렁이 같은 것이 움직인다. 그래서 마시는 물은 사서 마시는데 거기에도 석회가 심하니, 이곳에 사는 외국인들은 건강을 지키기 위한 정보에 민감하다.

"알렘, 뭐 마셔요?"

"레몬 물요."

"레몬 물? 왜요?"

"저 디톡스해요. 레몬 물 마시면 몸에 쌓인 독소와 회충이 죽으면서 변비도 없어지고 살도 빠진대요."

따사로운 햇살이 살벌하게 부는 바람을 달래는 출근길에 알렘과의 대화를 통해 아주 좋은 정보를 얻게 된 우리는 퇴근하면서 시장에 들러 레몬을 사기로 했다. 티그리냐로 레몬을 로민이라 부르는데, 크기는 탁구공보다 약간 작고 잘 익었을 때 색은 초록색이다. 그 맛은 한입 베어 물면 정신이 혼미해질 정도로 시다. 아스파는 레몬을 그냥 먹어야 배 속 기생충이 더 잘 죽을 것 같다며 아구작아구작 마구 씹어 먹었는데, 으~ 보기만 해도 입에 침이 잔뜩 고였다.

다음 날 아침 나는 전날 준비해 놓았던 레몬 물을 빈속에 한 잔 들이키고, 출근하면서도 마시고 사무실에 가서도 마시고 마을을 돌아다니면서도 마셨다. 레몬 물이 목을 넘어갈 때마다 뱃살이 빠지고 몸속의 모든 독소가 다 빠지고 기생충들이 죽어 건강해질 생각을 하니 기분이 막 좋아져서 콧노래가 저절로 나왔다.

날이 어둑해지고 집에 도착할 즈음 이상하게 어지럽기 시작했다. 겨우 정신을 붙잡고 집에 가자마자 씻지도 못하고 잠자리에 쓰러졌다. 창가로 비치는 햇살에 눈이 부셔 잠이 깼다.

'어머나, 벌써 아침이네.'

얼른 씻고 출근하려고 몸을 일으키는데 속이 메스껍고 지구가 빙빙 돌았다. 서 있기가 힘들어 나도 모르게 폭 쓰러졌다.

'아이고, 내가 왜 이러지? 출근해야 하는데….'

메스껍고 멀미가 나서 욕실에 가서 토하고는 양치를 한 뒤 출근 차량에 몸을 실었다. 출근 차가 알렘네에 도착하자 알렘도 머리에 손을 얹고 웩웩거리며 차에 타자마자 그만 누워 버렸다. 잠시 후 테스파네쉬가 "아이고, 팀장님. 저 몸이 이상해요. 그런데 두 분은 왜 누워 계세요?" 하면서 차에 탔다. 세 명의 증상을 종합해 보니 어지럽고, 메스껍고, 토할 것 같고 몸에 힘이 없는 것 같았다. 사무실에 도착한 우리는 책상에 엎드려 왜 그런지, 언제부터 그랬는지, 뭐 잘못 먹은 것이 있는지를 분석했다. 그러다가 어제 온종일 과하게 마신 '레·몬·물'이 떠올랐다.

레몬 물을 마신 뒤부터 그런 것 같다는 데 모두의 의견이 모였다. 가장 심각한 것은 나였다. 두 사람은 젊어서 그런지 어지럽다고 하면서도 곧장 걷기도 하고 잘 움직이는데 나는 책상에서 머리를 떼면 너무 어지러워 앉아 있을 수가 없었다.

한국에 두고 온 가족과 친구들이 깊이 그리워지던 잔인한 4월에 레몬 물 디톡스 사건은 정신을 쏙 빼놓기에 충분했다. 슬프게도 나의 뱃살과 변비는 아직도 나와 가장 친하게 지내고 있다.

울보들

3월이 돼 일이 많아지면서 알렘이 여기저기 아프기 시작했다. 볼거리와 잦은 몸살로 너무 안쓰러울 정도로 자주 아팠다. 그러다 사랑니로 통증이 심해지자 참다못해 아디스아바바에 있는 MCM(명성기독병원)에 가서 치료를 받고 왔다. 한동안 괜찮은 것 같았지만, 어느 날부터는 온몸에 열이 펄펄 끓고 식은땀이 줄줄 흐르더니 심지어 의식을 잃었다 깨기를 반복했다. 무서웠다. 메켈레에서 가장 유명하다는 메켈레대학교 지정병원인 아이덜 병원에 갔으나 별다른 처치도 처방도 없었다. 아픈 것이 낫지 않아 하는 수 없이 SOS에 전화하기로 했다. "SOS는 단원들의 건강을 책임질 의료지원 시스템이니 아프면 언제든지 연락하라"고 교육받았기 때문이다.

알렘은 SOS 번호를 눌렀다. 전화가 연결되자 몇 마디 듣던 알렘이 갑자기 엉엉 울기 시작했다. 알렘은 한참을 울면서 대답도 하고 묻기도 하더니 전화를 끊고는 "타국에서 아프니까 얼마나 서럽냐면서 위로해 주시는데 눈물을 참을 수가 없었어요. 통화만 했는데도 다 나은 것 같아요"라고 말했다.

그리고 다음에는 테스파네쉬가 아프기 시작했다. 손이 붓기 시작하는데 얼마나 탱탱하게 부었던지 계속 붓다 터질까 봐 걱정이 된 나는 손이 시릴 때마다 끼던 노란색 꽃 장갑을 끼워 주었다. 점점 붓고 아파하던 테스파네쉬를 데리고 아이덜 병원에 갔다. 병원은 지저분했는데 피를 뽑는 과정이 너무 불결해서 없던 병도 전염될 것처럼 느껴졌다. 게다가 그날 병원은 인근 감옥에서 수감자들이 단체로 진료를 받으러 와서 왁자지껄 더 정신이 없었다.

알렘 때와 마찬가지로 병원치료가 전혀 도움이 될 것 같지 않아 하는 수 없이 또다시 SOS에 전화를 걸었다. 테스파네쉬도 전화가 연결되자 몇 마디 하더니 울어 버렸다. 한참을 전화기를 붙들고 울면서 대화하다가 속이 좀 풀리자 전화를 끊은 뒤 우리를 바라보면서 "그때 알렘이 왜 울었는지 알겠어요"라고 했다. 알렘과 테스파네쉬가 비슷한 말을 하자 내가 웃음을 터트렸다. 모두 깔깔깔 웃었다.

전기충격 사건과 레몬 물 디톡스 사건이 맞물리면서 새로운 환경에 적응하려는지 이제는 나까지 잦은 구토와 설사를 하기 시작했다. 내 몸은 허약해질 대로 허약해졌다. 어지럽고 귀에서 '윙~'하는 소리가 났다. 나는 밥 냄새만 맡아도 메스꺼웠다. 생수와 몇 가지 과일로 약 3주를 보냈다. 아프리카를 다니면서 엄청나게 식탐이 생긴 내가 이렇게 음식 생각을 하지 않는다는 게 신기할 정도였다. 주민들도 걱정되는지 자주 식사에 초대해 주었다. 정성은 고맙지만 현지 음식을 원래 못 먹는 데다 보기만 하고 냄새만 맡아도 구토가 날 것 같아 먹을 수 없었다. 아픈 증상이 급격히 심해지면서 몸무게도 갑자기 5kg가량 줄었다. 몸에 힘이 빠진 내가 축 늘어지자 알렘과 테스파네쉬는 "팀장님, 팀장님도 SOS에 전화해 보세요"라며 나를 설득했다.

"여보세요~ SOS죠? 에티오피아 파견 단원입니다."

전화를 받은 SOS 직원은 타국에서 아프니 얼마나 속상하고 외롭냐면서 진심으로 따뜻한 위로의 말을 한 후 자세한 증상을 물었다. 그리고 의사 선생님이 곧 전화할 테니 전화 오면 받으라고 했다. 상담하는 분이 얼마나 살뜰하게 챙기며 걱정해 주는지 그 위로에 내 눈에서는 눈물이 주르르 흘렀다.

'아, 이래서 두 사람이 울었구나.'

내가 울자 옆에서 알렘이 한마디 했다.

“그렇죠? 목소리만 들어도 그냥 눈물이 흐르죠?”

“맞아 맞아. 나도 그냥 막 눈물이 나더라. 근데 신기한 것은 통화만 했는데도 다 나은 것 같아.” 테스파네쉬가 한마디 거들었다.

“진짜 그렇더라. 안 울려고 하는데도 눈물이 막 흘러.” 나도 한마디 했다.

개도국의 산림녹화 모델

마이막덴에서 지내면서 나무가 없는 산이 얼마나 위험한지 절실하게 체감했다. 선배 단원들도 같은 생각을 했었기에 마을에 묘목을 심고 숲 복원을 위해 노력했을 텐데, 그 묘목들은 뿌리를 내리기도 전에 가축의 입속으로 들어갔다.

땔감을 찾아 산에 오르고 방목을 하는 삶의 방식이 오랫동안 지속되면서 이미 마이막덴은 반건조 지역이 됐다. 우기에 내리는 비가 낮은 지역으로 몰리며 탄력을 받아 센 물결로 땅이 갈라지고 넓어졌다. 그렇게 강이 생기면서 지형도 변했다. 전과는 다르게 점점 우기가 짧아지는 마이막덴에 계속되는 건기의 가뭄과 우기의 홍수로 인한 피해는 심각했다.

이대로 두었다가는 산꼭대기와 가장 가까운 1번 사방댐 주변이 빗물에 깎여 토지 유실 속도가 빨라져서 주민들의 집까지 위협할 것 같았다. 무엇인가 대책을 마련해야 했다. 녹화사업은 지구 온난화에 효과적으로 대응하기 위해서라도 반드시 필요한 작업이다. 그리고 마이막덴 주변 산에 빽빽한 나무들로 울창한 숲이 조성된다면 쌩쌩 부는 찬 바람을 막아주어 덜덜 떨며 감기를 달고 사는 아이들이 조금이라도 덜 춥지 않을까?

4월 월례회의 후 우리나라 산림복구 경험이 담긴 산림청 영상을 보고 토론하는 시간을 가졌다. 영상 속 1950년대 우리나라는 국토의 절반 가까이가 민둥산의 모습으로 사막화되기 직전이었다. 일제의 수탈과 6·25전쟁으로 황폐된 산림은 각종 재난으로 이어져 비가 조금만 와도 씻겨 내렸다.

홍수가 발생하고 전답이 잠겨 폐농으로 이어지니 가난을 더 심각하게 만들었다. 이 때문에 국가적으로 치산녹화와 산지자원화 정책을 추진했고, 40여 년이 지나면서 우리나라는 점점 푸르러지고 아름다워졌다. 이에 유엔식량농업기구는 '한국은 제2차 세계대전 이후 유일한 녹화 성공국이다'라는 평가를 내렸다. 또한 우리나라는 유엔환경계획에서 '한국의 조림사업은 세계적 자랑거리다'라는 찬사를 받기도 했다.

묘목심기

“제 이름은 암셀레카입니다. 오늘 본 한국의 산림복구 영상은 정말 충격적이었어요. 처음 영상을 봤을 때는 황폐화된 토지, 전쟁으로 인한 폐허의 모습 때문에 슬펐습니다. 그러다가 부러워졌어요. 영상에 나온 모습이 우리나라였으면 좋겠다고 생각했습니다. 영상에서 잊지 못할 부분은 사람들이 허리에 밧줄 하나만 묶고 절벽에 올라가서 묘목을 심는 모습이었습니다. 옆에는 파도가 치는 바다가 있어서 굉장히 위험해 보였는데 끝까지 자신들의 일을 하는 것이 인상적이었습니다.”

“저는 아멧입니다. 영상을 보니 한국이 일본의 침략에 이어 전쟁으로 산에 있는 많은 나무들이 잘려 나갔고, 나라 전체가 황폐해져서 먹을 것조차 없던 것이 내 마음에 와닿았습니다. 왜냐하면 우리나라도 이런 상황을 겪었기 때문입니다. 그러나 한국이 우리나라와 다른 점은 영상 속의 한국 사람들은 후손들을 위해서 목숨을 걸고 노력했다는 점입니다. 덕분에 현재의 한국이 될 수 있었겠지요. 우리도 다음 세대를 위해서 무엇이든 기여해야 할 것입니다. 아무리 땔감이 부족해도 나무를 베는 일을 우리 모두가 멈춰야 합니다.”

각오를 다지는 주민들을 위해 우리가 모범을 보여야 했다. 도매시장에 가서 아보카도, 애플망고, 구아바 그리고 파파야 등 30그루의 묘목을 사다가 회관에 심었다. 묘목장수는 5년 정도 있으면 과일이 주렁수렁 열릴 것이라고 했다. 아이들이 회관에 모여 과즙이 뚝뚝 떨어지는 애플망고를 물고 있는 모습을 상상하면서 열심히 물을 주고 가꿨다. 묘목이 뿌리를 내리고 스스로 물을 빨아들일 수 있을 때까지 1년 정도 말라죽지 않게 잘 가꿔 주면 다음 해부터는 건기에도 견딜 수 있다고 했다. 가축들로부터 묘목들을 보호하기 위해 대나무로 만든 보호대도 씌웠다. 단수가 되는 날에는 당나귀를 끌고 강에 가서 물을 길어다 줬다. 물을 길으러 가는 길이 험했지만 30그루의 과실수에 매달려 있을 아이들을 생각하면 하나도 힘들지 않았다.

저수지

선배 단원들이 물이 부족한 마이막덴에 농수와 가축 용수 확보를 위해 고민한 흔적이 이곳저곳에서 보였다. 그중 한 가지가 마을이 내려다보이는 산기슭에 저수지를 건설한 것이다. 티그라이주는 대우기인 8월 중순부터 9월까지 1년의 기본 수입이 확보되는 주식인 인제라를 만들기 위해 '테프(에티오피아인이 먹는 주식, 아주 작은 곡물)'와 '밀' 농사를 짓는다. 우기가 되면 매일 비슷한 시간에 약 3시간쯤 왕창 쏟아지는 비를 이 저수지에 받아 두었다가 건기에 사용하도록 하려던 것이다.

시도는 좋았으나 당시 전문가 도움 없이 단원들과 주민들끼리 건축했기 때문에 아쉬운 점이 많았다. 무엇보다 저수지에 비가 모아졌다가도 밤이 되면 다 빠져나가서 텅텅 비어 버리니 저수지로서 유명무실했다. 또한 뜨겁게 내리쬐는 햇볕 때문에 모아진 물이 수증기로 증발해 버리는 것을 예방하기 위해 양철 지붕을 얹어 놓았는데, 그 지붕이 무너져 내려 흉하게 변했다.

우리 팀이 마무리해야 할 사업 중에는 저수시를 곡물 저장고로 변경하라는 내용이 있었다. 우기 이후 홍수 출하 시기에 곡물을 헐값으로 파는 대신 곡물 저장고를 이용하면 동일한 품질로 더 나은 가격에 납품할 수 있기 때문이다. 이는 농가 수익증대 효과와 함께 SDGs Goal 2의 '식량안보 및 지속가능한 농업'을 달성하는 데 필요한 사업이기도 했다.

우리는 2월 1일 출근 첫날부터 진행된 여러 그룹과의 회의에서 저수지를 곡물 저장고로 변경하라는 재단과 코이카의 지시 사항을 전달했다. 그런데 2월 14일 마을을 방문했던 코이카 담당 과장님과 재단 소장님의 지시가 변경됐다. 두 분은 "큰돈을 들여 만든 저수지다. 올해 우기를 지내보고 같은 결과라면 그때 가서 곡물 저장고로 변경해도 늦지 않다. 우기에 비가 고여 농수와 가축 용수에 도움이 된다면 보수만 하는 것이 좋겠다"고 했다.

나는 저수지에 자주 갔다. 그곳은 갈 때마다 벽이 더 갈라지고, 지붕과 바닥까지 주저앉아 더욱더 보기 싫은 모습을 보여주고 있었다. 그 주변으로 가축을 몰고 다니는 아이들이 지나가다가 빠질까 봐 염려됐다. 내 머릿속에서 저수지는 골칫덩어리였다. 그러던 어느 날 들여다본 저수지 바닥에 송아지가 한 마리가 죽어 있었다. 아스파는 근방에서 풀을 뜯던 송아지가 발을 헛디뎌서 떨어졌다가 나오지 못하고 굶어 죽은 것 같다고 했다.

"아스파, 저거 어떻게 꺼내죠?"

"그냥 두시죠. 하이에나가 와서 먹을 겁니다."

끔찍했다 어차피 허물어지고 있는 저수지를 빨리 해결하고 싶었다. 점점 더 허물어지고 있는데 굳이 우기를 지내볼 필요가 없을 것 같았다. 주민들은 어떻게 생각하는지 알고 싶어서 5월 운영위원회 회의에 저수지를 곡물 저장고로 변경하는 안건을 내놓기로 결심했다.

곡물 저장고

운영위원회와 회의를 하면서 오로모에서 진행했다는 곡물 저장고 건축과 농민협동조합 운영에 대한 자료를 모아 프레젠테이션까지 했다. 위원들에게 '곡물 저장고가 완성돼 활발히 활용된다면 테프·밀 등의 홍수 출하를 방지해 kg당 100~200비르의 추가 수익을 예상할 수 있으니, 지금이라도 저수지는 포기하고 그곳을 곡물 저장고로 변경하면 어떻겠는가'를 진지하게 물어봤다.

"저, 하고 싶은 말이 있는데요." 부녀회 총무인 미쉘라르가 수줍게 손을 들면서 말했다. 그녀는 "저수지는 산기슭에 있는데 그곳을 곡물 저장고로 만들면 곡물을 저장했을 때 경비가 있어도 혼자서 지키기 위험하고, 농민들이 각자 곡물을 수확해 그곳으로 옮겼다가 판매할 때 토요시장으로 다시 이동하기도 어려운데 꼭 그곳을 곡물 저장고로 변경해야 하나요"라는 회의적인 의견을 내놓았다.

농민회를 대표하는 데스타도 "저수지를 곡물 저장고로 변경하지 말고, 그 예산으로 시장 옆에 곡물 저장고를 지어주면 어떻겠느냐"며 "그러면 운송비도 줄일 수 있고 시장이 우리 마을의 중심이니 누구나 오가면서 지킬 수 있어 훨씬 도움이 될 것 같다"라고 했다. 이어 대부분 위원들이 비슷한 이유로 저수지를 곡물 저장고로 변경하는 것을 반대한다며 중앙시장 옆에 곡물 저장고를 지어 주면 좋겠다는 목소리를 냈다. 우리 팀은 파견 초에도 같은 구성원인 운영위원회와의 회의에서 올해 우리 팀이 해야 할 사업 중 유명무실해진 저수지를 곡물 저장고로 변경하는 안을 공지했었다. 회의에 참석해 의견을 말하는 분들도 모두 그때 그 사람들이었다. 그러나 그날 회의에서 발언하는 분들의 자세는 달라져 있었다.

뭐랄까? 더 적극적이고, '이 마을의 주인은 나다'라는 확신으로 가득 찼다고 해야 할까?

"일단 여러분의 의견이 무엇인지 분명히 알겠어요. 저수지를 곡물 저장고로 변경하지 말고 그 예산으로 시장 옆에 곡물 저장고를 지어 달라는 말씀인 거죠? 우리가 처음 만났을 때도 같은 내용을 말씀드렸는데 그

때는 듣고만 계시더니 오늘은 굉장히 적극적이고 열심히 토론하시네요. 저희를 설득하는 내용도 일리가 있고요. 우리는 떠날 사람입니다. 이곳은 여러분이 태어나고 자란 곳이며 여러분의 자녀들이 성장할 삶의 터전이지요. 주인인 여러분이 마을 발전을 위해 이렇게 열심히 토론하는 모습이 보기 좋습니다. 산기슭에 지어진 저수지가 실패한 사업인 것을 우리 모두가 인정하는 것 같네요. 같은 실수를 하지 않기 위해 저희를 열심히 설득해 주셔서 고맙습니다."

사실 곡물 저장고는 실패한 저수지를 그냥 둘 수 없어서 어떻게 활용할 수 있을까를 고민하던 중 나온 대안이었지 마을에 곡물 저장고를 짓는 것은 우리가 결정할 사항이 아니었다.

"여러분의 의견을 코이카와 재단 측에 건의해 보겠습니다. 그러려면 저에게도 저수지를 마을에 도움이 될 무엇인가로 변경할 묘책이 필요합니다. 얼마 전에도 송아지가 빠져서 마음이 몹시 불편했는데 사람이나 가축이 더 빠질 수도 있어서 걱정이 많습니다. 저수지를 어떻게 하면 좋을까요?"

내가 질문하자 그때까지 아무 말 없이 조용히 있던 듬수가 마을 사람들을 향해 말했다.

"한국인 단원들도 저렇게 우리 마을의 발전과 안전을 위해 힘쓰는데 저수지는 우리가 우리 힘으로 고쳐 봅시다."

"그렇다면 의무 노역 기간에 다 같이 힘을 모아 고치는 것은 어때요?"

첫 발언을 했던 미셸라르가 한마디 더 보탰다. 위원들도 좋다고 대답했다.

허기진 아침에 어울리는 땅콩차

아스파와 마을을 한 바퀴 돌아보고 사무실로 올라가는 길에 '차이 게자(찻집)'에서 땅콩차를 마셨다. 땅콩차는 시중에서 판매하는 땅콩 잼을 큰 수저로 푹 떠서 찻잔에 넣고 설탕도 한 스푼 크게 넣은 후 끓는 물을 붓고 잘 저어 마시는 것이다. 둘 다 아침을 먹지 않고 출근해서 마을을 다니다 보면 허기지기 때문에 차이 게자는 우리가 애용하는 찻집이었다.

티그라이주는 '청년 일자리 창출'을 위해 주정부 차원에서 몇 가지 프로그램을 진행하는데 그중 한 가지가 '5인 1조 창업 프로그램'이다. 10학년을 졸업한 뒤 6개월 이상 무직인 청년들을 정부 차원에서 5명씩 묶어서 창업 계획서를 제출하게 하고, 그 계획서가 사업 가능성이 있는 경우 5년 동안 100% 무상으로 사업 장소(땅이나 건물)를 대여해 준다.

차이 게자는 월례회의를 할 때면 제일 앞에 앉아서 열심히 듣고 좋은 의견을 내는 임마누엘이 있는 팀에서 운영하는 휴게소다. 그곳은 커피와 다양한 전통 차 그리고 간단한 식사도 파는데, 이웃 마을 청년들까지 놀러 와서 보드게임을 한다. 여기서 당구도 치고, 복사나 출력 서비스까지 할 수 있어 도박과 마약 그리고 알코올 중독의 유혹에 빠지지 않고 청년들이 이곳에서 건전하게 쉴 수 있다.

임마누엘네 창업 계획서에서 가능성을 보고 은데르타(구청)에서 물탱크 관리 사무실로 사용하던 건물을 무상으로 제공해 주었다. 임마누엘네 팀은 한 NGO 사업에 공모해서 컴퓨터와 복합기를 지원받았다. 처음에는 복사나 출력 서비스로 돈을 벌었고, 조금씩 모아 중고 식탁과 의자 그리고 보드게임과 당구대를 구입했다. 이젠 마을 사람들은 물론이고 주변 마을 사람들이나 악숨, 다나킬을 찾아가는 관광객들에게 입소문이 난 인기 있는 휴게소가 됐다.

5년 후면 이 장소를 정부 방침에 따라 반납해야 하기 때문에 임마누엘네 팀은 새로운 식당을 창업하는 것을 목표로 열심히 일했다. 이른 아침부터 늦은 저녁까지 어찌나 바지런하고 깔끔하게 휴게소를 운영하는지 그들이 일하는 것을 보고 있으면 내가 다 기분이 좋아져 이곳을 더

찾게됐다. 차이 게자를 좋아하는 또 다른 이유는 이곳이 마을에서 청년들에게 가장 인기 있는 장소이기 때문이다. 이곳에 오면 청년들의 욕구 파악이 쉬워 원로회의 목소리가 큰 마을에서 청년들의 마음의 소리도 들을 수 있다.

여느 때처럼 아스파와 함께 마을을 둘러보고 차이 게자에 앉았다.

"살람." 눈이 왕사탕처럼 큰 처음 보는 꼬마가 생긋 웃으며 먼저 인사를 했다.

"살람, 너도 땅콩차 마실래?"

"응, 좋아. 그런데 나는 차 마실 때 빵도 같이 먹어야 해."

자연스럽게 차와 빵이 자기 앞에 놓이도록 분위기를 만들고 도도한 표정으로 쉬지 않고 말하는 꼬마의 모습이 귀여웠다. 아스파도 깔깔거리는 웃음을 멈추지 않았다.

"아스파, 왜 이렇게 웃어요?"

"얘가 하는 말 때문에요. 얘가 지금 티그리냐와 암하릭을 섞어서 말하고 있는데 옛날 어른들이 쓰는 말을 쓰고 있어요. 어휴 팀장님, 이 아이가 하는 말이 너무 웃겨요. 하하하."

아이는 아디스아바바에 살다가 얼마 전에 할머니 댁으로 이사 왔다고 했다. 애가 얼마나 영특한지 아스파도 말로는 못 당하겠다며 혀를 찼다. 우리는 그 아이를 '마이막덴의 여우'라고 불렀다. 우리가 차이 게자에 갈 때마다 마이막덴의 여우는 잠깐 쉬려고 들르는 여행객들 속에, 청년들 속에, 그리고 원로들의 대화 속에 항상 있었다. 그 어린 꼬마가 어른들 속에서 자연스럽게 토론하고 분위기를 이끄는 광경을 볼 수 있는 것도 내가 차이 게자를 좋아하는 이유였다.

시행착오

시범사업을 종료하고 떠나도 마이막덴에서 농촌개발운동이 지속되는 데 도움이 될 청년지도자를 양성하면 좋겠다는 생각이 들었다. 월 1회 진행되는 주민 대상 새마을 교육으로는 부족하다고 느꼈기 때문이었다. 보름을 넘게 고민하면서 어느 날부터는 잠을 자도 머릿속은 청년지도자 양성과정의 생각으로 가득 찼다. 혹시 주민들은 어떻게 생각하나 싶어 운영위원회와의 회의에 안건으로 내놓자 좋은 의견이라며 응원해 주었다. 마을을 다니면서도 청년지도자 양성과정의 취지와 목적, 진행 과정, 기대 효과 등을 설명했고 반응이 좋았다.

청년지도자 양성 과정을 '새마을 아카데미'라고 명명했고, 3월 월례 회의를 통해 광고했다. 한국의 교육적 시스템에 익숙한 우리는 학생 모집에서부터 다양한 혜택들을 구미가 당기도록 근사하게 담은 포스터를 만들어 홍보했다. '학생들이 막 몰려들면 어떻게 하지?' 하는 걱정이 많았지만 면접을 통해 딱 12명만 뽑을 것이기에 운영위원회 위원들과 면접에 필요한 질문거리도 준비했다.

열의가 가득했던 우리는 3월 6일부터 마을 입구 게시판에 '새마을 아카데미 입학 공고문'을 붙여 놓고 사무실에서 지원서를 배부한다고 안내했다. 마을을 다닐 때도, 가정 방문 시에도 계속 홍보하고 재촉하며 만나는 청년들에게 지원서를 손에 쥐여 줬다. 그러나 이게 웬일인가. 2개월이 지나도록 지원자가 2명뿐이었다. 에티오피아의 교육·문화적 특성을 전혀 고려하지 않고 우리 경험으로만 진행했던 학습자 모집 과정은 대실패였다.

"팀장님, 어떻게 하죠?"

"그러게요. 회의 때나 사람들을 만나서 얘기해 보면 반응은 좋은데 왜 지원서가 안 들어올까요?"

"아스파, 번역 똑바로 한 것 맞아요?"

나는 아스파에게 공고문을 잘 번역했냐며 억지까지 부렸다.

"아토 듬수, 새마을 아카데미 때문에 왔어요. 2개월하고도 보름이 지났는데 지원자가 2명뿐이네요. 마을 사람들이 원하지 않는 것을 괜히 하겠다고 했나 봐요. 운영위원회에서는 어떻게 생각하는지 듣고 싶은데, 회의 소집을 부탁드립니다."

회의가 시작됐지만 운영위원들은 입을 열지 않았다. 한참이 지난 후 듬수가 손을 들며 얘기할 게 있다는 신호를 줬다. 그는 내 얼굴과 먼 산 바라보기를 반복하더니 바쁜 청년들에게 주 1회 40차시는 무리인 것 같다고 어렵게 말했다. 그럼에도 불구하고 마을 발전을 위해 청년지도자 양성은 정말 필요한 사업인 것 같아서 운영위원회에서 지원자 모집에 힘을 보태겠으니 포기하지 말고 기다려 달라고 했다.

회의 후 우리는 교육 과정을 30차시로 줄였다. 청년들에게 실질적인 도움이 되도록 더 체계적인 기획서로 수정했다. 청년들의 귀한 시간을 헛되이 사용하지 않으려 최선을 다했다. 그리고 드디어 6월 9일 12명의 지원자 명단을 받았다.

면접을 통해 알게 된 청년들의 속사정은 우리가 새마을 아카데미에 대한 각오를 더 강하게 다지는 계기가 됐다. 청년들은 당일 번 돈으로 가족들과 그날의 허기를 채워야 하기 때문에 주기적으로 시간 내기가 어려웠다. 수업에 참석하려면 다니고 있는 직장에서 해고당할 수도 있었다. 운영하는 가게 문을 닫아야 했다.

그럼에도 불구하고 마을 발전을 위해 배울 것을 배우고 힘을 보태겠다며 어렵게 모인 12명을 나는 '마이마넨 희망12'라 불렀다. 당시에는 아무도 예상하지 못했다. 이들이 마을에 끼칠 영향이 얼마나 엄청날지를….

새마을 아카데미

새마을 아카데미 교육 과정 주제는 '농촌개발운동, 지도자의 덕목, 마을발전을 위한 프로젝트기획와 발표, 선진 농업 기술 습득, 세계 시민 교육' 등 모두 5가지로 정했다. 각 상위 주제 안에 5가지의 하위 주제를 배치해 청년지도자가 갖춰야 할 내용들로 구성했다.

첫 번째 주제인 '농촌 개발운동'에서는 한국의 농촌개발, 새마을운동의 개요, 다른 개도국인 우간다와 필리핀의 새마을운동, 에티오피아 오로모주에서 진행된 시범사업, 마이막덴에서 진행되고 있는 시범사업을 분석하기로 했다. 두 번째 주제인 '지도자 덕목'에서는 협동심과 배려, 헌신과 리더십, 의사소통 기술, 갈등 해결 기술, 자기관리에 대한 고민을 넣었다. 세 번째 주제인 '마을 발전을 위한 프로젝트 기획 및 발표'에서는 마이막덴 SWOT 분석, 설득의 기술, 회의 진행 방법, 프로젝트 기획, 발표 기술을 다루도록 했다. 네 번째 주제인 '선진농업기술 습득'에서는 계단식 농법, 자연복구 및 자연보호 방법, 토지복구 및 관리 방법, 가축 관리 방법, 숲 조성 및 관리 방법을 배우도록 했다. 마지막 주제인 '세계 시민교육'에서는 에티오피아의 어제와 오늘 그리고 내일, 인권 감수성, 다양성과 수용성, UN 지속 가능 개발목표 탐색을 포함해 각오와 다짐의 시간까지 준비했다.

수업 내용과 방식은 이론과 실습을 적절하게 섞었다. 대화를 좋아하는 에티오피아인의 특성에 맞게 토의, 토론, 현지 전문가들의 특강, 선진지 견학 및 현장 학습 등으로 구성했다. 학생들 스스로 성찰하게끔 유도하는 활동 중심의 방식이다. 대부분의 교육 과정은 3명의 담임들이 2주 전에 미리 예습해서 완벽에 가깝도록 숙지하고 진행해 시행착오를 줄이려고 애썼다. 특별히 메켈레대학교 협동조합학과와의 협업을 통한 교수진의 도움은 청년들뿐 아니라 주민들에게도 격려가 됐다.

12명의 학생들을 3개 팀으로 나눴다. 1팀은 알렘이 담임으로 살람·게다초·쪼루이·아스말리시가 속했다. 2팀은 테스파네쉬가 담임을 맡았고, 이사야스·히윗·꼬이톰·슈사이가 팀원이 됐다. 3팀은 메론·하프톰·브리하노·그렌마이로 구성되고 아스파가 담임이 됐다. 나는 전체를 총괄했다.

새마을 아카데미 수업은 매주 수요일 오전 10~12시까지 총 30차시로 구조화시켰으나 가끔은 오후까지 진행되기도 하고 학생들의 열정으로 다음날까지 연장되기도 했다. 6월 19일 입학식부터 1월 17일까지 총 30회기를 잘 마쳤다. 수료식까지 12명 중 대학에 입학한 게다초를 제외하고 11명이 완주했고, 수료식이 있던 날은 동네잔치를 벌였다.

초등학교 4학년을 끝으로 학교를 다녀본 적이 없는 쪼루이는 피델을 읽고 쓸 줄 몰랐다. 면접 때 수업을 잘 따라갈 수 있을까를 걱정했는데, 틈날 때마다 학생들이 쪼루이를 붙잡고 피델을 가르치는 모습이 자주 보였다. 쪼루이는 친구들과 공부하는 시간이 재미있고 행복하다고 했다. 태어나서부터 지금까지 한 마을에서 쭉 자라온 소꿉친구들의 우정이 엿보여서 예뻤다. 수업 중 그가 생각하는 것을 글로 표현해야 할 때는 아스파가 도와주었다.

새마을 아카데미가 시작되고 3주 차 수업을 하는데 10명이 넘는 청년들이 찾아왔다. 자신들도 입학하고 싶다고 했다. 그중에는 나와 아스파가 마을을 다닐 때 지원서를 손에 쥐여 주면서 꼭 오라고 애원한 욕심나는 청년들도 있었다. 그러나 모든 것에는 때가 있는 법. 새마을 아카데미는 더 이상의 학생들을 받지 않기로 결정하고, 대신 월 1회 진행되는 주민들 대상 새마을 교육에 더 많은 신경을 쓰기로 했다.

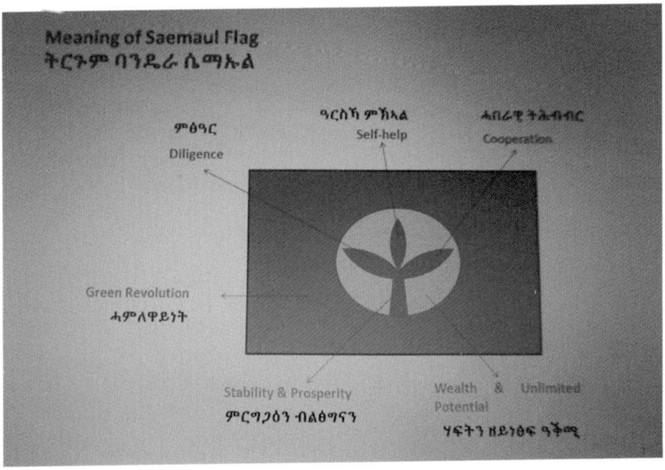
Meaning of Saemaul Flag
ትርጉም ባንዴራ ሴማኡል
ምፅዓር
Diligence
ዓርስኻ ምኽኣል
Self-help
Cooperation
Green Revolution
ሓምለዋይነት
Stability & Prosperity
ምርግጋፅን ብልፅግናን
Wealth & Unlimited Potential
ሃፍትን ዘይነፅፍ ዓቕሚ

새마을운동 수업 중

마이막덴의 희망

가축들의 배설물을 밟고 다니며 추운 고산지대에서 지내다 보니 자연은 얼굴에서 탄력과 수분을 가져가고 그 자리에 기미와 주름, 건조함을 슬쩍 놓아뒀다. 돌로 뒤덮여 있는 마을을 돌아다니다 보면 작업화를 신었어도 발가락에 물집이 생기곤 했다. 워낙 추위를 많이 타는데 온몸에서 온기를 쏙 빼앗아 가는 찬 바람이 쌩쌩 부는 우리 마을에서 오래 있다 보니 예쁨과 점점 멀어져서 초라해 보이니 속상하다가도, 에티오피아에 와 있는 것이 맞나 싶을 정도로 안전한 것을 떠올리면 항상 감사했다.

사실 마을 밖을 벗어나면 심한 외국인 차별로 머리가 지끈지끈해지곤 했다. 듣기 불편한 별명으로 우리를 부르며 돌도 던지기 때문이었다. 잘못 맞으면 머리에서 피가 뿜어져 나오기도 한다. 하지만 그들은 자신과는 상관없다는 듯이 계속 상대방을 괴롭히거나 성추행을 시도한다. 이런 외국인 차별 때문에 에티오피아에 대한 정이 떨어졌다가도 마을 사람들을 보면서 마음을 다잡았다. 그중 특별히 우리를 잘 따라줬던 새마을 아카데미 학생들인 마이막덴의 희망12를 소개하고 싶다.

이사야스는 학생회장이다. 24세의 남학생으로 마을 발전을 위한 일이라면 물불을 가리지 않고 앞장선다. 이사야스는 10세 때부터 석공 일을 해 손이 투박하고 손바닥이 만질만질하며 지문도 남아 있지 않다. 그는 고등학교를 다니면서 마이막덴 재봉학교를 졸업했다. 지금은 석공일도 하고, 누나 살람과 함께 회관 옆 재봉실에서 옷을 만들어 팔기도 하며 시멘트 벽돌공장에서 파트타임으로 일한다. 시간 날 때마다 회관 사무실에 찾아와 마을 발전을 위해 함께 고민했는데 이사야스에게 배울 점은 추진력이다.

청년회와의 첫 만남이 있던 날, 나는 몇몇 청년들에게 꿈이 무엇인가를 질문했다. 그때 이사야스는 '멋진 배우'가 되고 싶다고 외쳤는데, 그 꿈을 위해 오늘 당장 무엇부터 할 것이냐고 물었더니 '영어 공부'를 하겠다고 대답했다. 이후 월요일부터 금요일까지 마을에서 퇴근하는 우리 차를 타고 야간에 영어 학원을 다니며 수시로 아스파와 같이 영어 실력을 쌓았는데. 우리가 떠날 때는 영어로 의사소통이 어느 정도 가능해졌다.

새마을 아카데미 친구들

이사야스의 누나인 살람은 26세로 아주 똑똑하고 야무졌다. 2기 봉사단원들의 추천으로 한국에 2주 과정의 새마을운동 연수도 다녀왔다. 살람은 재봉학교 졸업 후 보조 교사로 일했다. 그리고 4기 선배 단원들의 감독하에 재봉학교 졸업생들과 함께 '재봉협동조합'을 설립해 운영하고 있다.

꼬이톰은 애교가 매우 많은 24세의 남학생이다. 새마을 아카데미 지원 당시 꼬이톰은 아라토 마을에 공장을 짓고 있는 중국 회사에서 벽돌 나르는 일을 하고 있었다. 수요일 오전에는 새마을 아카데미에 다녀야 하니 오후에 일을 더 하는 조건으로 업무시간을 조율했다며 아주 좋아했으나 수업이 20주 차 정도 진행되자, 회사에서는 두 가지 중 하나를 선택하라고 했다고 한다. 꼬이톰은 망설이지 않고 새마을 아카데미를 선택했고, 회사를 그만둔 뒤 메켈레의 건축현장으로 나가기 시작했다.

쪼루이는 우악스럽고 온몸이 울퉁불퉁한 근육 덩어리 25세의 남학생이다. 아빠가 돌아가신 후 초등학교 4학년 때 학교를 그만두고 닥치는 대로 일해서 지금은 소·염소·양 등 가축 20여 마리를 소유하게 됐고 집도 샀다. 새마을 아카데미에 다니면서 정부가 운영하는 토지지원 제도에 공모해 토지를 지원받아 더욱 신나게 일했다.

아스말라시는 키가 187㎝나 되는 수줍은 미소를 가진 22세 남학생이다. 그는 8학년을 끝으로 학업을 그만두고 유튜브를 통해 인터넷 설치 기

피델 공부 중인 쪼루이와 브리하노

술을 배웠다. 주중에는 인터넷 설치하는 일을 하고 주말에는 결혼식에서 디제이로 일하고 있다.

히웟은 24세의 야간대학을 다니고 있는 여학생이다. 그녀는 마을 안에서 가게를 운영하면서 자신의 집을 마련한 부지런하고 똑똑한 친구다. 새마을 아카데미를 졸업한 뒤 새마을 아카데미 부위원장이 돼 위원장인 이사야스와 함께 '2기 새마을 아카데미'를 운영하게 됐다.

하프톰은 24세의 남학생이다. 하프톰은 10학년 때 재봉을 배웠는데 오전에는 재봉 수업에 참석하고 오후에는 학교에 가서 수업한 뒤 하교 후 동네 입구에서 구두닦이 일을 했다. 재봉 수업을 하면서 전통 드레스를 디자인해 판매한 돈과 구두닦이로 번 돈을 모아 고등학교를 졸업하던 해에 중고 재봉틀을 구입했다. 집 한쪽에서 옷 만들기를 시작했는데 지금은 자신의 가게는 물론 집까지 마련한 아주 야무진 친구다.

여학생 중 막내인 메론은 19세다. 메론도 고등학교를 다니면서 재봉학교를 졸업했고 바로 새마을 아카데미에 지원했다. 한 번도 빠지지 않고 열심히 공부하던 메론은 새마을 아카데미 수료증과 메켈레대학교의 비즈니스 트레이닝 수료증을 가지고 인근에 있는 초등학교 병설 유치원에 취직했다.

그렌마이는 야간대학을 다니는 24세의 남학생이다. 그는 7명의 청년들과 함께 '마이막덴 시멘트 벽돌공장 협동조합'의 구성원이면서 벽돌 공장에서 번 돈으로 메켈레 인근에 빵집을 차렸다. 정부에서 베이커리를 창업한 청년 사업가들에게는 밀가루를 싸게 지원하는데, 그 대상자 명단에서 빠졌다고 따지러 갔다가 유치장에 3일을 갇혀 있었다. 수료식이 있던 날 그는 "유치장에서 맞아 앞니가 빠졌다"는 얘기를 해주었다. 그렌마이는 아주 당차고 야망이 있지만 성격이 급해 손해 보는 일이 자꾸 생기던, 이름만 들어도 마음 아픈 친구다.

만형 브리하노는 26세의 남학생이다. 마이막덴에서 이발소를 운영하고 있는 브리하노는 꿈이 종교지도자라 성경책이나 신앙 고진을 많이 읽는 티가 난다. 큰형답게 늘 배려하고 바쁜 와중에도 시간을 쪼개서 쪼루이에게 피델 공부를 가장 많이 시키던 친구다. 새마을 아카데미를 운영하면서 평상시 우리의 삶을 영상에 담기 위해 학생들과 잦은 인터뷰를 했는데, 그의 입에서 나오는 한마디 한마디가 명언 그 자체였다.

슈사이는 정말 까만 피부에 매우 하얀 치아를 가진, 눈이 유난히 촉촉한 23세 남학생이다. '시멘트 벽돌공장 협동조합'을 통해 번 돈으로 마을 입구에 빵 가게를 차렸는데 알렘과 테스파네쉬는 유독 슈사이가 만든 빵을 좋아해서 자주 사 먹었다.

게다초는 18세의 막내로 새마을 아카데미 재학 중에도 학업의 끈을 놓지 않고 열심히 공부하더니 9월에 대입에 성공해 아카데미를 그만두게 됐다. 7월에 있었던 수업 중 '자신의 인생 여행과 꿈 찾기 프로젝트'로 진행된 콜라주 활동을 통해 마이막넨의 학생들을 가르치는 훌륭한 영어 선생님이 되는 것이 꿈이라고 고백했던 친구다. 언젠가 마이막넨을 방문하면 게다초는 훌륭한 영어선생님이 돼 있겠지?

꿈을 꾼다는 것은

많은 것이 제한된 고산지대 마이막덴에서 태어난 아이들은 아버지가 석공이면 어릴 때부터 돌 깨는 일을 돕다가 자신도 석공이 되고, 아버지가 농부라면 농사일을 돕다가 자신도 농부가 된다. 나는 시간이 흐르는 대로 살아지는 매일을 넘어서 풍성할 수 있는 그들의 삶을 탐색해 볼 기회를 주고 싶었다. 우리 학생들에게 '우리의 삶은 매우 소중하고, 무한한 가능성이 있으니, 자신의 꿈을 스스로 설계하며 앞으로 소중한 꿈을 포기하지 말고 용기 있게 도전하라'는 메시지가 담긴 시간을 선물하기로 결심했다.

매개로 선택한 것이 '콜라주 기법을 활용한 나의 인생 탐색'이었다. 콜라주는 근대미술에서 볼 수 있는 특수한 기법이며, '풀로 붙인다'는 뜻이다. 학생들이 이번 수업을 통해 자신의 인생을 깊이 있게 탐색하고, 넓은 전지에 콜라주로 표현해 사람들 앞에서 발표하는 시간을 가짐으로써 하루 24시간, 1년 365일을 그저 흘려보내는 것이 아니라 꿈을 꾸고 도전하고 성취하는 매일로 변화시킬 수 있기를 바랐다.

학생들은 과거와 현재는 그래도 쉽게 표현했으나, 자신이 살고 싶은 미래와 꿈꾸는 삶을 표현할 때는 많이 어려워했다. 자신의 삶에 대해 이렇게 자세하고 진지하게 생각해 본 적이 없었다던 아스파처럼 학생들도 그랬다. 그러나 콜라주에서 자신의 삶을 함부로 사는 친구는 없었다. 서툴지만 삶의 한순간 한순간을 정성껏 고민하고 표현했다. 열심히 탐색한 흔적을 전지에 펼쳐놓고 자신의 인생을 친구들 앞에서 소개하는 학생들은 이미 유명한 화가였고, 아프리카를 대표하는 영화배우였으며, 존경받는 교사이자 에티오피아에서 가장 실력 있는 사업가였다.

반짝이는 삶을 발표한 후에는 자신의 인생을 나눠 준 친구의 삶 중에서 가장 의미 있게 느껴지는 순간에 격려와 용기를 주는 메시지를 적어 붙여 주는 시간을 가졌다. 학생들은 이 시간을 통해 서로를 더 잘 알게 됐다. 발표한 학생들은 자신의 삶을 축복해 주는 친구에게 고마움을 표현하면서 미지의 세계를 향해 한 걸음 더 나아갔다.

"팀장님, 꿈은 참 공평한 것 같아요. 가난한 사람이든 부자든, 노인이든 청년이든, 도시에 사는 사람이나 시골에 사는 사람에게도, 모두 똑같이 꿀 수 있는 기회를 주니까요. 꿈을 꾼다는 것이 무엇인지 전혀 모르던 때와 요즈음의 제 삶은 너무 달라졌습니다." 아스파가 말했다.

"지난주에 이어서 오늘의 수업은 굉장히 흥미롭고 교육적이었어요. 이 수업을 통해서 잊고 지냈던 어린 시절이 떠올랐어요. 그리고 나의 미래에 대해 태어나서 처음으로 이렇게 깊이 생각해 봤어요. 그리고 생각을 표현하다 보니 이미 꿈을 이룬 기분이었습니다. 오늘 수업을 계기로 제가 꾼 꿈을 이루기 위해 열심히 일해야겠다는 생각이 들었어요. 제 작품이 회관에 붙으면 회관에 올 때마다 보게 될 텐데, 이것을 볼 때마다 저는 계속 꿈을 꾸고 꿈을 이루기 위해 다짐하게 될 것 같습니다." 슈사이가 말했다.

"꼬이톰, '공사장의 기계들이 움직이는 이 사진'을 네가 열심히 일하고 있는 현재라고 말했잖아. 나는 이 부분의 너를 응원해. 그리고 희망을 선물하고 싶어. 희망은 너의 꿈을 포기하지 않고 이룰 수 있는 열쇠 중 하나이기 때문이야. 지금처럼 매일 매일 열심히 일하면 너는 꼭 너의 꿈을 이룰 수 있을 거야." 꼬이톰의 현재에 히웟이 붙여준 메모다.

풍성한 삶을 미리 살아 본 학생들은 말투가 달라졌고, 행동이 달라졌고, 눈빛이 달라졌다. 학생들의 눈은 더 이상 그저 그런 눈이 아니었다. 보석이었고 태양이었다.

풋쫌

태양이 제법 강하게 내리쬐면서 반팔을 꺼내 입어도 될 정도의 날씨가 됐다. 습하지 않아서인지 햇볕을 쬐면 덥다가도 그늘로 가면 바로 시원해져서 '아~ 맨날 이렇게 화창한 날씨라면 얼마나 좋을까' 싶었다.

"살람, 아스파!"

처음 본 중년의 남자가 아스파에게 인사를 했다. 술 냄새가 과한 것을 보니 아침부터 술을 마신 것 같았다. 누군가 인사를 하면 항상 소개부터 해 주는 아스파의 난감해하는 표정을 보니 아스파도 잘 모르는 사람인 듯했다. 둘이 한참을 현지어로 대화하더니 아스파가 그 사람을 소개해 주었다.

"팀장님, 이 남자의 이름은 풋쫌인데 미장이래요. 마이막덴 사람인데 올해 우리 팀에서 진행하고 있는 마을 건축에 관심이 있대요. 자신이 그 일을 맡고 싶답니다."

"어? 우리 벌써 경쟁 PPT 끝났잖아요. 업체도 선정됐는데 그동안 가만히 있다가 오늘 왜 그 얘기를 하는 거죠?"

"글쎄요."

"처음 본 분인데 마을 공사 맡을 건설업체는 이미 결정됐으니 아쉽지만 마음을 접어야 할 것 같다고 말씀드려 줄래요?"

나는 대수롭지 않게 얘기했고 아스파의 통역을 전해 들은 풋쫌은 씁쓸한 표정으로 돌아섰다. 그 씁쓸한 표정이 앞으로 우리 마을에 어떤 피해를 가져올지 전혀 예상하지 못한 채 우리는 사무실로 향했다.

1기부터 4기까지는 모든 건축을 단원들과 주민들이 직접 공사하는 방식으로 진행했다. 그러다 보니 몇 가지 아쉬운 점들이 생겼다. 사방댐이 갈라지기 시작했고 저수지도 마찬가지였다. 파견 당시 코이카와 재단에서는 올해 진행될 공사를 전문 건설 업체에 맡기는 방식으로 진행하라는 지시가 있었다. 우리 팀은 매월 운영위원회 회의와 주민 월례회의를 할 때마다 올해 공사는 기존까지 진행됐던 방식과는 다를 것임을 누누

이 말해 왔다.

모든 공사를 건설회사에 맡길 것임을 고지했고, 혹시 마을 사람들 중 건축 관련 기술자가 있다면 그들을 먼저 채용하면서 마을 사람들에게 일자리를 제공할 것을 약속했다. 또한 하자보수에 대한 내용을 확실히 정리한 경쟁 PPT를 통해 전문 건설업체 1곳을 선정해 공사를 진행할 것임을 광고했었다.

운영위원회와 우리 팀은 재단의 허락을 받으면 바로 공사를 시작할 수 있도록 재단을 설득하는 한편 곡물 저장고의 부지를 정부에서 무상 임대받을 수 있도록 일을 진행하고 있었다. 한 번도 주민 월례회의에 참석한 적 없던 풋쫌은 7월 말에 있던 건축업자들의 경쟁 프레젠테이션을 통해 공사 규모가 큰 것을 알게 되자 욕심을 낸 듯했다.

아센다 축제

"아스파, 작년에 레몬 몇 개 던졌어요?"

"100개요."

"우와, 저 바람둥이!"

우리는 넉살 좋게 '100개'라고 외치는 아스파를 향해 소리를 질렀다.

"올해는 레몬 던지고 싶은 아가씨 만났어요?"

"글쎄, 올해도 그냥 100개 정도는 던져야 할 것 같아요. 아빠가 자꾸 결혼하래요."

티그라이주에서는 8월 22일부터 3일 동안 여성을 위한 아센다 축제가 열린다. 평소 인권의 사각지대에 있는 여성들이 그 축제 기간만은 충분히 자신을 표현하고 사랑받고 주목받을 수 있다. 마음에 드는 여성이 있으면 남자들은 그 아가씨가 지나갈 때 레몬을 발 앞에 살짝 던진다. 여성은 레몬을 던진 남자가 마음에 들면 그 레몬을 슬쩍 주워 자신도 마음이 있다는 것을 표현하고 집에 가져가서 먹지만, 혹시 마음에 안 들면 그냥 밟고 지나간다.

에티오피아에서도 티그라이주에만 있는 이 아셴다 축제를 보기 위해 많은 사람들이 모여들고, 에티오피아 여행을 계획하고 있는 사람들은 일부러 이 시기에 맞춰 아셴다 축제를 즐기고 다른 관광지로 떠난다. 아셴다 축제 기간 동안 여성들은 전통의상으로 한껏 멋을 내고 춤과 노래를 즐긴다. 친구들과 함께 평소 마음에 들었던 남자 앞에 가서 그 남자의 이름을 넣은 노래를 계속 부르면서 어깨춤을 추는데 그 상대방 남자는 무조건 춤추는 여자들 모두에게 돈을 주어야 한다.

요즈음에는 도로변에서 지나가는 차를 막고도 춤을 추면서 노래를 부르는데 차가 지나가려면 돈을 주어야 길을 내준다. 그렇게 받은 돈은 교회로 모여 그 지역에 사는 고아와 미망인 등 사회적 약자를 돌보는 데 사용된다. 그런데 최근에는 모인 돈을 가지고 술집에 가거나 자신을 꾸미는 데 쓰는 아가씨들이 많아지고 있다고 어른들이 눈살을 찌푸리기도 한다. 일하는 동안 사무실로 찾아와 춤추며 노래하는 마을 소녀들에게 지갑의 돈을 거의 나눠 준 우리는 도로 위에서 춤추는 또 다른 소녀들에게

잔돈 하나까지 다 내주었다. 퇴근하고 집에 가서 씻으려 하는데 비상연락망을 통해 티그라이 주지사님이 한인들에게 저녁 식사를 대접하고 싶다는 연락이 왔다.

한국과 한국인을 각별하게 생각하는 주지사님은 그 마음을 메켈레에 있는 단원들에게 맛있는 음식 대접으로 표현한다. 아센다 축제가 티그라이주의 가장 특별한 날이니 가장 특별한 손님과 식사하는 것이 맞다는 주지사님의 말씀이 우리를 기분 좋게 했다. 우리가 며칠 전부터 맞춘 티그라이 전통 의상을 입고 만찬에 참석하는 예의를 갖추자 주지사님은 놀라면서도 아주 기뻐했다. 주지사님과 식사할 때마다 느끼는 건데 그는 바쁜 정치인임에도 불구하고 약 3시간이 넘는 식사 시간을 서두르지 않고 오롯이 우리에게 집중하는 모습을 보여주셨다. 성숙한 정치인의 성품을 엿볼 수 있었다.

하루는 출근했는데 회관에 심어 놓은 묘목들을 보면서 우리를 기다리던 그를 보고 화들짝 놀란 적이 있다. 그는 우리 마을에서 진행하고 있는 사업이 궁금해서 출근하던 길에 갑자기 차를 돌렸다고 했다. 그날 주지사님은 마을을 견학하면서 주민들에게 격려와 덕담을 아끼지 않았다. 그런 주지사님의 적극적인 관심은 우리가 더 신나게 일하는 데 큰 동력이 돼 주었다.

아셴다 축제

3

진흙 속에 감춰졌던 진주

그저 돌덩이로 보였다.
미켈란젤로가 조각하자
아름다운 다비드상이 됐다.

그저 소망 없는 사람들로 보였다.
자신들 속에 숨겨져 있던
자신감을 찾아내더니 삶의 주인공이 됐다.

메켈레대학교 교수 케배대

케배대 교수를 만난 곳은 메켈레 시내의 유명한 카페 라자리아 2층, 우리가 좋아하는 자리에서였다. 그날은 오래간만에 아디스아바바에서 올라온 코이카의 메켈레 담당 과장님과 반가운 재회가 있던 날이었다. 라자리아 2층 계단 옆 테이블은 우리 팀이 좋아하는 자리다. 그 자리에 앉아서 창밖을 내다보면 무너진 옛 성터를 한눈에 볼 수 있다. 그리고 라자리아의 가장 큰 매력은 소 냄새가 나지 않는 우유를 넣은 마키야토와 핫초코를 판다는 것이다.

환한 미소가 반가운 과장님 뒤로 한 남자가 성큼성큼 걸어와 인시했다.

"안녕하세요?"

"예? 아~ 예. 안녕하세요?"

또렷한 한국말로 인사하는, 처음 보는 남자를 당연히 코이카 직원이라고 생각했다. 그러나 과장님도 처음 본 사람이라는 말에 어리둥절해진 우리의 시선은 다시 그 남자에게로 향했다.

"제가 찻값 냈습니다. 맛있게 드세요."

"예? 혹시 누구신지요?"

"아~ 저는 케배대라고 합니다. 메켈레대학교 화학과 부교수입니다. 한국에서 석사공부를 마치고 얼마 전에 돌아왔습니다."

우연히 만난 케배대 교수는 그날로 제2의 우리 팀이 됐다. 우리가 한국인이라는 것만으로도 친절했던 케배대 교수는 우리가 코이카 단원임을 알자 친절함 더하기 좋아함을 표현하더니 마이막덴에서 진행하고 있는 농촌개발운동에 대한 설명을 듣자 친절함과 좋아함에 무한한 팬심까지 더하며 적극적으로 우리를 도와주었다. 한국어를 현지어로 바로 통역하고 번역하는 훌륭한 봉사자인 케배대 교수의 봉사 덕분에 우리 팀은 편해졌고 더 바빠졌다.

10월의 마지막 날 재단에서 손님이 오셨다. 재단 소장님은 저녁을 먹던 중 갑자기 다음날 메켈레대학교 협동조합학과와 협약식이 있다고 알렸다. 물루의 논문으로 시작된 인연이 협약식까지 연결돼 기뻤다. 하지만 다음날이 수요일이라 아카데미 수업을 휴강하는 것이 불편했던 나는 예의가 아닌 줄 알지만 케배대교수에게 갑작스러운 특강을 부탁했다. 케배대 교수는 망설이지도 않고 알겠다고 답해 주었다. 특강 제목은 '자기계발 및 자기관리'로 정했다. 다행히 메켈레대학교와의 협약식이 일찍 끝나 우리 팀은 서둘러서 마을로 갔다. 도착했더니 10시 10분. 덕분에 케배대 교수의 특강을 함께 들을 수 있었다.

학생들은 케배대의 특강을 듣고선 충격받았다. 케배대는 가난했던 어린 시절에 어떻게 한국으로 공부하러 갈 꿈을 꾸었는지, 자신이 한국 유학생으로 뽑히기 위해 얼마나 노력했는지 얘기했다. 한국에 가서도 시간을 아끼고 자기관리를 하면서 열심히, 그리고 치열하게 살았던 시간을 공유했다. 케배대의 특강이 끝나자 브리하노는 "봉사단원들이 한국을 떠나 먼 우리나라에 와서 우리 마을 발전을 위해 봉사할 수 있는 사람이 되기까지 어릴 때부터 얼마나 시간과 투쟁하면서 살았는지 잘 알게 됐다"라고 말하며 케배대를 섭외해 줘 감사하다는 인사로 우리를 기쁘게 해 주었다.

고질병

'약속이나 시간에 자유로운 문화'에 적응해야 하는가? 지켜야 하는 것으로 변화하도록 유도해야 하는가?

이곳이 집이 되고 고향이 돼도 적응되지 않는 숙제가 있었다. 아프리카에서의 삶이 처음도 아닌데 급한 성격의 나는 약속이나 시간을 지키지 않는 것이 자유로운 문화 속에서 숨이 턱턱 넘어갈 지경이었다. 그것은 새마을 아카데미에서도 마찬가지였다. 그렇게 좋아하는 수업이지만 대부분 학생들이 늘 지각했다. 자체 수업은 어쩔 수 없다고 해도, 특강으로 강사를 초청했을 경우에는 아주 민망했다. 학생들을 데리고 멀리 떠나야 하는 날 또한 마찬가지였다. 우선 학생들부터라도 변화시켜야겠다는 결심과 함께 특단의 조치를 내렸다.

"아스파, 내일 수업 시간에 발표할 공지사항입니다."

"앞으로는 아카데미 수업에 3번 지각하면 1번 결석이 되고, 3번 결석하면 새마을 아카데미에서 제적당할 수 있으니 시간을 잘 지키길 바란다고 발표할 거예요."

"팀장님, 늦을 수도 있지요. 다들 사정이 있을 겁니다."

한국 사람들과 2년째 일하고 있으며, 영국 NGO에서 8년이나 일했다는 아스파가 '어떻게 그럴 수 있냐'는 태도로 나오는 것을 보아서 이 도전이 쉽지 않을 것이라고 예상됐다.

"여러분, 제 손에 있는 것은 출석부입니다. 그동안은 여러분이 교실에 도착한 시간을 제가 기록했지만 다음 주 수업부터는 자기 이름 옆에 도착한 시간을 스스로 적어 주세요. 10시에 수업 시작이니 10시 10분 도착부터는 지각으로 처리합니다. 아까 아스파가 전달했듯이 3번 결석이면 제적될 수 있습니다."

학생들은 웅성거렸다. '시계가 없어서 시간을 모른다, 가게 문을 닫으려고 할 때 손님이 오는데 어떻게 하냐, 새벽 일 끝나고 오면 어쩔 수 없다'는 등 온갖 이유들이 계속됐다.

“우리 집에는 시계가 없어요. 그래서 저는 수요일에는 아침 기도회가 끝나면 무조건 회관으로 옵니다.”

그동안 지각이나 결석이 전혀 없던 이사야스가 말했다. 그러고 보니 이사야스는 우리가 출근하면 이미 회관에 도착해서 재봉일이나 영어 공부를 하고 있었고 때로는 쪼루이에게 피델을 가르치고 있었다. 학생회장의 솔선수범이 밝혀지자 온갖 이유를 갖다 대던 학생들이 조용해졌다.

학생들은 눈에 띄게 노력했지만 오래된 습관은 쉽게 변화되지 않았다. 학생들에게 출석부는 점점 보고 싶지 않은 천덕꾸러기가 됐다. 그러던 중 한국 유학 후 메켈레대학교 화학과 부교수가 된 케배대 교수의 특강이 이루어진 후 약속과 시간 지키기에 대한 학생들의 개념은 확 달라졌다.

가장 눈에 띈 친구는 맏형 브리하노였다. 아카데미 수업 시간을 철저히 지키기 시작했고, 전에는 단전이 되면 문을 닫던 이발소가 매일 열렸으며, 가게 앞을 매일 청소하고 서비스의 질을 높이기 위해 노력하기 시작했다. 그리고 시간이 날 때마다 했던 쪼루이의 피델 수업을 정기적으로 진행했다. 틈만 나면 영어 공부에 매달렸고, 매일 읽던 티그리냐 성경을 영어 성경 읽기로 도전했다.

바나나, 콘돔을 만나다

“팀장님, 혹시 마이막덴 주민들 대상으로 성교육을 하고 싶은데 가능할까요?”

아이덜 병원에 파견돼 있는 간호단원 파시카에게서 연락이 왔다. 우리 팀은 운영위원회에게 교육 취지를 설명한 뒤 허락을 받았고 교육 주제와 교육 대상 선정 등 교육에 필요한 협조를 구했다. 회의를 통해 알게 된 사실은 에티오피아는 정부 차원에서 10여 년 전부터 에이즈 예방 교육을 주기적으로 해 왔으며, 조기 혼전 임신 예방에 심혈을 기울이고 있다는 것이다. 지역보건소에서도 에이즈 예방 교육을 하고 콘돔을 무료로 나눠 준다. 동네 가게나 약국에서도 콘돔을 쉽고 싸게 구매할 수 있으며, 콘돔 사용을 권장한다고 했다.

여성이 기본적으로 알아야 할 전반적인 성 개념과 생리 주기를 계산한 자연 피임법 그리고 콘돔 사용 방법 등으로 주제가 정해졌고 대상은 마이막덴 고등학교 1·2학년 여학생들이 됐다. 수업 주제가 정해졌을 때, 아스파에게 실습 내용을 설명하면서 에티오피아 문화에서 여학생들 대상으로 바나나에 콘돔을 씌워 보는 실습이 가능한지를 묻자 아스파는 "Why not?"이라고 대답했었다. 우리는 마이막덴이 시골이기 때문에 혹시 모르니 마이막덴 고등학교와 보건소에도 확인해 달라고 부탁했다. 학교 관계자와 보건소장을 만나고 온 아스파는 가능하다는 대답을 전해 주었다.

성교육을 하는 날. 1교시는 이론 수업, 2교시는 실습 시간으로 이뤄졌는데 2교시에 학생들은 자신의 월경 주기 계산하는 방법을 배우고 바나나에 콘돔 씌우는 실습을 할 예정이었다. 지난 며칠 동안 전기가 잘 들어왔으나 그날은 혹시 몰라서 700비르(약 3만 원)의 거금을 내고 발전기를 빌렸다. 만약 단전이 된다면 유용하게 쓰일 예정이지만 전기가 나온다면 발전기 대여 비용 700비르는 그냥 없어질 것이다. 그래도 우리 학생들이 처음이자 마지막으로 듣게 될 수도 있는 소중한 수업을 위해 과감하게 투자했다.

학생들에게 나눠 줄 바나나와 콘돔 그리고 선물로 줄 생리대까지 구입한 파시카의 수업은 훌륭했다. 처음 시작할 땐 학생들을 관리할 목적으로 들어온 생물 선생님 혼자서 듣다가, 생물 선생님이 '수업 내용이 좋다'는 내용을 적은 쪽지를 반장을 통해 교무실로 보내자 이내 교감 선생님과 여학생 담당 선생님 그리고 4개 학급의 담임 선생님들까지 오셔서 열심히 들었다.

그런데 2교시 수업이 시작되면서 누구도 상상하지 못한 문제가 터졌다. 수업이 시작되고 바나나를 1개씩 나눠 주자 무척 좋아하던 학생들이 바나나를 지금 먹는 게 아니라 그 위에 콘돔을 끼우는 실습을 할 것이라고 설명하자 교실 안이 난리가 난 것이다. 수줍게 웃는 학생들, 얼굴을 가리며 부끄러워서 어쩔 줄 몰라 하는 학생들, '꽥' 소리 지르면서 콘돔을 집어 던지는 학생들로 교실은 완전히 뒤집어졌다. 우리 역시 깜짝 놀랐다. 선생님들의 도움으로 난장판이 된 교실을 겨우 수습한 뒤, 차선책으로 강사만 실습하면서 설명해 주는 것으로 수업 내용을 변경했다. 첫 번째 수업의 해프닝 덕분에 그다음 수업은 큰 무리 없이 잘 마쳤다.

콘돔 실습이 엉망으로 끝난 것 때문에 아무 말 못 하고 미안해하는 아스파를 바라보며 "아스파, 오늘 통역 정말 잘하더라. 아스파의 물 흐르듯 자연스러운 통역 덕분에 학생들도 선생님들도 굉장히 만족한 것 같아. 우리뿐 아니라 강사로 온 간호 단원들도 오늘을 잊지 못할걸. 아스파는 역시 최고의 통역가야"라고 말해 주었다. 그러자 아스파의 굳은 얼굴이 조금 부드러워졌다. 알렘과 테스파네쉬 그리고 3명의 간호 단원들까지 멋신 동역이었다고 칭찬하자 그제야 아스파의 이깨가 활짝 펴지며 잠시 동안 놓쳤던 자신감을 되찾은 듯했다.

웩! 악숨

악숨 오벨리스크는 에티오피아 악숨이라는 지역에 있는 옛 궁궐터다. 이스라엘 솔로몬 왕과 지혜를 겨루던 시바의 여왕, 그 둘 사이에서 태어난 메넬리크 1세에 의해 세워진 악숨 왕국은 이후 에티오피아 제국이 됐다. 악숨 오벨리스크는 오랜 세월이 지나면서 다 무너졌고, 몇 개의 돌탑은 이탈리아가 침략 시 가져갔다가 돌려주었고 현재는 대대적인 보수공사를 하고 있다. 세계시민 교육 중 한 차시로 악숨 현장체험학습을 정했다. 학교 다니면서 현장체험학습을 가본 적 없는 학생들에게 악숨 견학은 평생에 한 번 있을까 싶은 꿈같은 여행이 될 것이다. 학생들은 한 달 전부터 노래를 부르더니 일주일 전부터는 설레서 잠도 못 자고 기다렸다.

드디어 악숨 가는 날 우리는 차 2대를 빌려 18명이 나눠서 탔다. 나는 뒤차에 있는데 잘 달리던 앞차가 갑자기 범췄다. 알고 보니 메론이 멀미가 심해서 정신을 못 차리고 있었던 것. 꼬이톰이 사 온 약을 복용한 뒤 메론이 괜찮아지자 우리는 다시 출발했다. 하지만 한 번도 장거리 여행을 해 본 적 없는 메론은 멀미로 상태가 점점 더 나빠져 결국 기절하고 말았다.

앞차가 다시 멈췄고 이사야스가 뛰어나왔다. 동생이 기절한 충격에 이사야스는 큰 소리를 꽥꽥 지르면서 안절부절못했다. 언니인 살람은 기절한 메론을 껴안고 엉엉 울고 있었다. 다시 얼음물로 머리를 마사지한 후 깨어난 메론에게 되돌아가자고 했다. 그러나 메론은 꼭 가고 싶다고 고집을 부렸다. 다른 학생들도 가고 싶다고 울먹였다. 하는 수 없이 병원을 먼저 갔다가 악숨으로 가기로 결정하고 다시 출발했다.

얼마 되지 않아 앞차가 또 멈췄다. 얼른 뛰어가 보니 모두가 웩웩거리면서 차에서 내렸다. 어떻게 된 일인가 보니 달리는 차 안에서 살람이 비닐봉지에 토했는데 그 봉지를 묶지 않고 하프톰에게 창밖에 버려 달라고 했다. 하프톰은 토사물이 담긴 봉지를 받아서 그대로 창밖으로 던졌는데 그 오물이 뒷좌석에서 창밖에 얼굴을 내밀고 노래를 부르고 있던 아스말라시 얼굴에 묻고, 그 냄새 때문에 아스말라시도 구토를 하고 만 것이다. 나는 미안하지만, 얼굴에 묻은 살람의 토사물을 떼어내며 웩웩거리는 아스말라시를 보면서 웃음을 참느라 혼났다.

약 20분 후 드디어 악숨시 보건소에 도착했다. 가장 힘이 좋은 쪼루이가 메론을 번쩍 둘러업고 보건소 안으로 달려갔다. 의사 선생님은 메론이 심한 멀미로 인해 탈진이 왔다고 했고, 메론은 1시간가량 수액을 맞고 약을 처방받았다. 본격적으로 악숨을 둘러보기 전에 점심식사를 했다. 점심식사 후 악숨의 역사를 설명해 줄 가이드를 섭외했다. 가이드는 우리에게 코이카 단원들이냐고 물었다. 가끔 코이카 단원들이 이곳을 다녀가는데 자신이 가장 설명을 잘하는 가이드라서 특히 코이카 단원들에게 인기가 많다고 했다. 그러면서 가이드 비용을 비싸게 부르길래 째려보자 너무 싱겁게 확 깎아 주었다.

학교에서 교과서로 배웠던 선조들의 위대하고 자랑스러운 삶의 흔적을 직접 보고 듣게 된 학생들은 무척 즐거워했다. 둘러보는 내내 학생들은 메모하고, 질문하고, 또 토론했다. 학생들은 시키지도 않았는데 마을로 가면 메모한 내용을 가지고 각자 5명씩에게 전달 교육을 한다면서 서로 적은 정보들을 교환하며 보완했다. 학생들은 조상에 대한 존경심으로 가슴 벅찬 감정을 주체하지 못했다. 참 어려운 여행이었지만 악숨에 오길 정말 잘했다는 생각이 들었다.

짧지만 뜻깊었던 악숨 유적지 탐방을 마치고 또다시 5시간 이동이 시작됐다. 다행히 돌아오는 길에는 아무도 멀미를 하지 않았다. 늦은 시간 메켈레까지 무사히 돌아왔다. 학생들은 이대로 집에 가면 쫄쫄 굶고 잠자리에 들었다가 내일 아침도 굶고 일터로 향할 게 뻔했다. 그래서 메켈레 시내에서 저녁을 든든하게 먹이고 학생들을 마을까지 데려다줬다.

악숨 유적지 탐방

모함

"대원, 어떻게 된 거야?"

"뭐가요?"

"마이막덴 공사를 맡은 업체가 아스파랑 주민 몇 명에게 뇌물을 주고 공사를 맡은 것이라는 얘기를 들었어. 그래서 주민들이 아스파를 가만두지 않겠다고 했다며?"

"예? 누가 그런 말을 해요?"

좁은 지역인 탓에 눈에 확 띄는 외국인들이 봉사하고 있는 마이막덴은 메켈레에서 조금 유명해졌다. 우리 팀이 거버넌스 구축을 목적으로 많은 곳을 찾아다니고 여러 사람들을 마이막덴에 초대한 때문이기도 하다. 그래서인지 제법 아는 사람들이 생겼는데 이번 주에 들어서 여러 명에게 이런 비슷한 질문을 받았다.

출근하자마자 나는 아스파와 회의실에 앉아 대화를 시작했다.

"아스파, 아까 시상에서 만난 아투 웰두가 한 얘기 말이에요. 솔직히 얘기해 주면 좋겠어요. 혹시 예마하 건설회사에서 돈 받은 적 있나요?"

물론 아니라는 것을 확신하지만 나는 아스파에게 진지하면서 단도직입적으로 질문했다. 큰 눈을 더 동그랗게 뜬 아스파는 내 질문에 황당해하면서 그런 적 없다고 대답했다. 나는 아스파에게 아스파를 믿지만 그래도 사실을 확인해야 했기 때문에 질문했다고 말했다. 우리는 왜 이런 소문이 나게 됐는지 자세히 알아보기로 했다.

소문의 진상이 우리 팀에서 진행하고 있는 마을 건축을 자신이 맡고 싶다며 의사를 밝힌 마이막덴 사람 풋쫌이라는 사실을 알게 됐다. 마을 사람들은 풋쫌이 술과 커피를 사 주면서 또는 지나가는 사람을 붙잡고 '아스파와 듬수가 예마하 건설회사에서 돈을 받고 그곳이 공사를 맡도록 힘을 썼다'는 얘기를 했다고 말해 주었다.

그 말을 들은 사람들은 거짓말이라고 생각하면서도 입에서 입으로 전했고 이제는 마이막덴을 넘어 메켈레에까지 소문이 난 것이었다. 그런 흉악한 소문이 마을 한가운데서 돌고 있어도 아무런 요동 없이 매일을 살아가는 듬수와, 마을 사람들에게 변함없이 친절하게 대하는 아스파를 보면서 진실은 언젠가 밝혀질 것이라고 마음속으로만 위로했다.

그러던 어느 날 일이 터지고 말았다. 월요일에 출근해서 일하고 있는데 부녀회장님이 무슨 서류를 들고 와 아스파를 찾았다. 밖으로 나가 한참을 대화하고 온 아스파가 서류를 전해 주었다. 서류를 전해 주는 아스파의 표정이 이상했다.

"아스파가 열어 보세요."
"아니요. 이건 팀장님이 직접 열어 보셔도 됩니다."
"아직도 아스파 없이 티그리냐 못 읽어요."
"팀장님, 운영위원회에서 지난주 토요일에 풋쫌에게 공사를 맡기기로 결정하는 회의를 했답니다. 그리고 이것은 제가 번역을 다르게 할까 봐 못 믿겠어서 메켈레 시내에서 영어로 번역하고 공증한 내용입니다."

아스파는 회의록 원본과 영어번역 공증서류를 전해 주며 말했다.

다혈질의 극을 달리는 나는 그 말을 듣는데 화가 확 났다. 그러나 영혼이 다 빠져나간 듯 멍한 눈으로 충격을 감추지 못하며 공증서류를 전해 주는 아스파의 표정을 보니 차마 화를 낼 수 없었다.

협박

자다가도 벌떡 일어날 정도로 화가 났다. 이미 풋쫌에게 매수된 운영위원회에게 섭섭했고, 말도 안 되는 소리를 믿고 있는 주민들의 어리석음에 한탄만 나왔다. 속만 끓인다고 일이 해결되는 것은 아니니 주민 월례회의 때 이 사건을 해결해야겠다고 다짐했다.

먼저 우리 마을의 건축 관련 진행사항을 잘 알고 있는 은데르타구청 구청장님을 찾아갔다. 구청장님은 여러 가지 조언과 위로를 해주면서 주민 월례회의에 건축과장을 보내주겠다고 했다. 월례회의를 하는 날, 구청의 건축과장과 운영위원회 그리고 주민들이 모였다. 운영위원장의 개회사 후 마이크를 받은 나는 앞으로 하게 될 얘기가 주민들을 불편하게 할 수도 있지만 들어 달라며 얘기를 시작했다.

“여러분, 최근에 만나는 사람들마다 우리 마을 공사에 대한 이상한 질문을 합니다. 그 내용을 짧게 요약하자면 마이막덴 공사를 맡게 된 건설업자 삼손이 통역 아스파와 아토 듬수에게 뇌물을 주어서 공사 허가권을 얻게 됐다는 소문입니다. 그리고 아스파를 ‘죽여 버리겠다’는 협박을 하고 있습니다. 그래서 저는 지금 주민 여러분과 은데르타구청 건축과에서 출장 나온 손님을 포함한 모두 앞에서 통역 아스파와 아토 듬수에게 ‘건설업자에게서 돈을 받았는지’ 질문할 것입니다.”

갑작스러운 나의 말에 통역하던 아스파는 놀라서 쳐다보았다.

“아스파, 불편한 것 압니다. 그래도 지금은 내가 한 말 그대로 통역해 주세요.”

아스파는 조심스럽게 내가 한 말을 통역했다. 그러고는 바로 그런 적 없다고 영어와 티그리냐로 대답했다. 나는 이어 듬수에게 같은 질문을 했다. 듬수도 어느 누구에게서도 돈 받은 적이 없다고 대답했다.

“지난주에 운영위원회에서는 마을공사를 위해 공식적으로 진행했던 과정을 전부 무시한 채 건축회사를 가지고 있지 않은 풋쫌 개인에게 마을 건축을 맡기겠다고 저희에게 통보했습니다. 아스파를 믿지 못해 메켈레에서 돈을 내고 회의록을 번역해서 제출하셨죠. 저는 여러분께서 아스파를 믿지 못해서 한 이 행동은 더 나아가 우리 팀을 못 믿는다고 느껴져 개인적으로 마음이 불편합니다."

"……."

나는 이 논란의 중심에 있는 풋쫌에게 2월부터 경쟁 PPT가 있던 7월까지의 주민 월례회의에 한 번이라도 참석한 적이 있느냐고 물었다. 그는 한 번 참석했다고 대답했다. 나는 매월 진행되는 월례회의 때마다 청년회장을 통해 회의 참석자들의 명단을 작성하고 있는데, 오늘 이 회의를 위해 2월부터 7월까지 참석자 명단을 몇 번이나 확인했지만 풋쫌이라는 이름은 없었다고 하니 풋쫌은 아무런 말도 못했다.

나는 풋쫌을 향해 '마을의 공사를 맡고 싶었다면 더 일찍부터 주민 월례회의에 참석해 자신의 의견을 밝혔어야 했다. 그러지 않아 아쉽다'는 마음을 표현했다. 은데르타구청에서 온 건설과장님은 혹시 한국인 봉사단 없이 주민들과 잠시 대화할 시간을 줄 수 있는지를 물었고, 우리는 나가 있기로 했다.

그는 운영위원들에게 문제가 무엇이냐고 질문했고, 위원들은 이렇게 대답했다고 한다. 자신들은 마을의 공사를 풋쫌에게 맡기고 싶다. 그 이유는 첫째, 그가 마을 주민이기에 좀 더 책임감을 가지고 건설에 임할 것이라고 생각했기 때문이다. 둘째는 마이막덴 출신 건설업자가 고용된다면 주민들에게 일할 기회를 더 줄 것 같다. 그리고 셋째는 만약 공사가 끝난 후에 문제가 생겨도 그가 마을 내에 있기 때문에 언제든 수리를 할 수 있기 때문이다.

운영위원회의 말을 들은 건설과장님은 한국인 봉사단은 처음부터 은데르타구청의 건설과와 회의하면서 정부 기준에 어긋남 없이 일을 진행하고 있었으며, 건설회사를 가지고 있지 않은 풋쫌은 공사를 맡을 자격이 못 된다고 전했다. 덧붙여 마을 발전을 위해 이런 공사 기회 자체를 주민들이 가질 수 있는 것이 얼마나 행운인지 생각해 보라고 했다. 그리고 여러분이 걱정하고 있는 세 가지 내용은 이미 봉사팀장이 대답한 것처럼 업체를 선정하는 과정에서부터 약속된 것이라고 했다. 또한 단원들이 철수하더라도 정부에서 마이막덴 발전을 위해 계속 협력할 것이기 때문에 걱정할 필요가 없다고 했다.

이런 내용을 전달받은 나는 운영위원들과 마을주민들을 향해 '공정한 절차를 거쳐 선정됐던 예마하 건설회사와 계약을 진행해도 되냐'고 물었고 운영위원들과 주민들은 그렇다고 대답했다. 예민함으로 시작된 월례회의는 결국 평화롭게 끝났다. 회의를 마치자 시간은 오후 3시를 향하고 있었다. 10시에 시작해 장장 5시간짜리 긴 회의를 마치자 내 다리는 힘이 빠졌고 지쳐서 사무실로 들어오자마자 우리는 책상 위에 엎드리기

바빴다. 널브러져 있는 여자들 속에서 어쩔 줄 몰라 하는 아스파를 보고 알렘이 한마디 했다.

"팀장님, 우리 오늘 회식해요. 저 에너지 다 빠졌어요. 아스파도 고생 많았는데 고기 좀 먹여야 하는 것 아닐까요?"

"그래요. 우리 오늘 엄청 맛있는 것 먹읍시다. 아스파, 오늘 메뉴는 아스파가 골라 봐. 금식용 음식 고르지 말고 오늘은 신나게 고기 왕창 먹고 우리 힘내자."

메켈레대학교의 충격

9월 내내 새마을 아카데미 학생들이 마을 발전을 위한 프로젝트를 기획해 10월 월례회의 때 주민들 앞에서 발표하기로 했다. 마을입구 게시판에 안내문을 붙였다. 어른들은 자기 아들, 딸, 손주들이 스스로 분석하고 기획한 내용을 발표한다는 광고가 나간 뒤부터 우리가 지나갈 때마다 손을 붙잡고 10월 월례회의 날이 빨리 오면 좋겠다고 했다. 역시 회의 당일이 되자 마을 회관은 정신없었다. 다른 때보다 더 많은 주민들로 회관이 가득 차고, 복도와 마당까지 밀려들었다. 발표할 학생들이 멋진 정장을 하고 이른 아침부터 회관에 와 달달 떨면서 연습을 하고 있다며 마브라트가 살짝 귀띔해 주었다.

"팀장님, 아라돔 박사에게 전화 왔대요." 알렘이 다가와 귓속말을 했다.

"왜 전화하셨대요?"

"오후에 아디스알렘에 방문하기로 하셨는데 지나가는 길에 잠깐 들르고 싶다고 하셨대요. 아스파가 오늘 월례회의 한다고 말씀드리자 참석하고 싶다고요."

"정말? 좋지요. 우리 학생들이 아라돔 박사님 앞에서 발표하다 기절하지 말아야 할 텐데…."

아라돔 박사와 테스파이 교수는 회의 전에 도착했다. 운영위원장인 아토 머스푼의 개회사에 이어 아라돔 박사의 인사말이 있었다. 그리고 아스파의 사회로 그동안 광고했던 새마을 아카데미 학생들의 '마이막덴 발전을 위한 사업계획 발표'가 팀별로 진행됐다. 각 팀의 발표가 끝난 뒤 주민들이 자유롭게 질문을 하고 발표자들이 대답하는 시간을 가졌다. 그리고 메소보 담당 공무원의 피드백이 있었다. 마지막으로 월례회의에 참석해 자리를 빛내 주신 아라돔 박사님께 학생들과 주민들을 위한 좋은 말씀을 부탁드렸다.

"저는 오늘 가르치는 자로서 학생들에게 많은 것들을 배웠습니다. 가난은 우리의 적이며, 가난 극복은 선택이 아니라 의무입니다. 메켈레대학의 중점적인 목적은 가능한 한 모든 방법을 동원해서 농촌개발을 돕는 것입니다. 지역개발을 위해 이 작은 마을에서 이렇게 창의적인 생각을 하는 젊은 학생들을 발견하리라고 생각하지 못했고, 저는 학생들의 기획과 발표에 큰 감명을 받았습니다. 이 학생들에게는 마을의 어른이신 여러분의 전폭적인 지지가 필요합니다. 제가 오늘 이 자리에서 듣고 본 모든 것들이 놀랍습니다. 그래서 저는 이 학생들에게 충분한 지원을 약속합니다. 첫 번째, 학생들이 오늘 발표한 프로젝트의 성공적인 실천을 위해 메켈레대학교에서 특별 교육과정인 '비즈니스 트레이닝' 기회를 줄 것입니다. 두 번째로 우리 학과의 모든 교수진은 이 젊은이들이 발표한 사업계획이 윤곽을 잡고 원활하게 진행될 수 있도록 컨설팅을 할 것입니다. 세 번째로 사업이 실현되도록 자금 지원처를 알아보겠습니다."

아라돔 박사의 멋진 말씀이 끝나자 주민들은 회관이 떠나갈 듯 손뼉치며 좋아했다. 회의를 마무리하고 커피를 마시면서 아라돔 박사는 오늘 발표한 청년들이 어느 대학교에 다니고 있기에 발표 실력이 이렇게 뛰어난지 물었다.

"현재 2명이 야간대학에 다니고는 있지만 우리 학생들 대부분 최종 학력이 10학년입니다. 초등학교 4학년이 최종 학력인 친구도 있지요. 저렇게 멋진 발표 실력은 새마을 아카데미 교육 과정을 통해 배우고 익힌 것입니다."

아스파는 어깨에 힘을 주고 말하면서 새마을 아카데미의 탁월함에 대해 자랑했다.

아라돔 박사와 테스파이 교수는 우리 학생들이 고등학교 졸업 고사를 합격하지 못한 청년들이라는 아스파의 말에 놀라면서 "오늘 마이막델에 와서 보석들을 발견하게 해 주신 하나님께 감사드린다"고 말했다.

765:메소보의 숙원 사업, 곡물 저장고를 짓다

재단에 제출했던 5월 운영위원회 회의 결과 보고에 대한 답변이 왔다. 시혜적인 접근은 지양해야 하지만 오로모주의 성공 경험이 우리 마을에 도입된다면 더 큰 효과가 있을 것이라고 확신했기에 우리는 중앙시장 옆에 곡물 저장고를 짓는 것에 이미 마음이 기울어져 있었다. 재단에서는 저수지를 주민들 스스로 고쳐서 사용하겠다는 내용을 칭찬했다. 그러나 저수지를 고치려던 예산으로 시장 옆에 곡물 저장고를 신축하는 부분에서는 공사금액의 20%를 마을에서 공동기금을 모아 부담한다는 조건하에 농민협동조합원 명단, 농민협동조합 운영규정, 농민협동조합 사업계획서를 제출하면 검토 후 지원 여부를 결정하겠다고 했다. 나는 그

답변이 무심하게 느껴졌다.

우리 옆집에 사는 이탈리아 사람이 내는 한 달 집세가 1만 비르(약 60만 원)다. 그런데 우리 마을 농민들이 농사로 벌어들이는 일반적인 연평균 소득은 1만 5000비르다. 먹고사는 것이 부족하니 평소에 돈이 되면 어디든 가서 일한다. 그런데 공사 금액의 20%를 주민들이 부담해야 한다고 전해야 하니, 주민들이 어떻게 사는지 조금은 아는 우리로서는 마음이 무거울 수밖에 없었다. 일단 아스파와 얘기해 보니 갑자기 마을 공동기금으로 공사 금액의 20%를 모으는 것은 불가능할 것 같지만 자신이 먼저 운영위원회에 전해 보겠다고 했다. 우리 팀은 재단 소장님에게 마을 사정을 말씀드리며 다른 것은 당연히 준비해 보겠지만 공사 금액의 20%를 주민들이 부담하는 것은 어려울 듯하니 재단에서 재고해 주길 바란다고 설득했다. 운영위원회에는 아스파를 통해 재단 방침을 전달했다.

어느 날 마을대표 지도자 교육을 다녀온 듬수가 사무실로 찾아왔다.

"오늘 주 정부 주최 마을 대표 리더십교육에 갔다가 지난 5월 운영위원회 회의에서 여러분이 발표했던 곡물 저장고에 대해 말했어요. 주 정부에서는 이미 계획하고 있던 사항이라고 하네요. 메소보 사무실에서 말하길 우리 마을에서 제일 먼저 건축하면 좋겠다고 하면서 만약 우리 마을에서 그 일을 한다면 적극적으로 도와주겠다고 했어요."

“좋습니다, 아토 듬수. 듬수와 운영위원회는 여러분이 하실 일을 하세요. 우리는 우리가 해야 할 일을 할게요. 메소보의 숙원 사업인 곡물 저장고가 시장 옆에 멋지게 지어질 그날을 희망하며 우리 포기하지 말아요.”

듬수는 곡물 저장고를 지을 부지를 무상으로 대여해 달라고 설득하기 위해 거의 매일 메소보 마이막덴 담당 공무원을 찾아갔다. 또한 운영위원회와 함께 농민들을 찾아다니면서 취지를 설명하고 농민협동조합 조합원을 늘려나가기 시작했다. 메소보의 마이막덴 담당 공무원이 리더십 훈련기간이라 거의 자리를 비웠음에도 불구하고 듬수는 메소보 사무실에 다니는 것을 포기하지 않았다. 1개월 21일 후 듬수는 우리 손에 정부에서 곡물 저장고 부지를 무상으로 대여해 준다는 허가서와 농민협동조합 765명의 조합원 명단, 그리고 농민협동조합 운영계획서를 쥐여 주었다.

메소보 담당 공무원은 주 정부 차원에서 만든 협동조합 운영규정을 전달해 주었다. 메켈레대학교에서도 주민들에게 ‘협동조합 운영교육’과 ‘저금과 자금관리 교육’을 무상으로 진행해 주겠다고 약속했다. 우리 팀은 그 자료를 가지고 재단을 설득했다. 재단에서는 메소보 공무원들의 역할과 메켈레대학교의 지원, 그리고 주민들의 적극적인 태도 등을 보고 곡물 저장고 건축비를 지원해 주기로 결정했다고 전해주었다. 우리 팀이 11월 월례회의에서 이 소식을 발표했을 때, 주민들은 손뼉 치며 환호했고 우리도 너무나 기뻤다. 5월부터 시작된 노력이 11월이 돼서야 열매를 맺은 것이다. 몇 개월 동안 숱은 고생을 한 늠수는 늘 보여주었던 잔잔한 바다 같은 미소를 짓고 있었다.

토크 콘서트

11월이 되고 새마을 아카데미도 3분의 2가 진행됐다. 그동안의 모든 수업이 중요하고 도움이 됐지만, 무엇인지 모르게 부족한 느낌이 들었다. '무엇이 학생들의 마음을 더 뜨겁게 할 수 있을까?' 이미 마을 발전에 대한 열정이 가득한 학생들의 심지에 불을 붙일 기름이 필요했다. 듬수의 누나가 돌아가신 날 장례식장에 갔다가 듬수·머스픈과 합석하게 됐다.

우연히 시작된 두 분의 어린 시절 얘기를 듣는데 역사 드라마 같은 두 분의 삶이 딱 그 기름처럼 느껴졌다. 나는 망설임 없이 두 분께 아카데미 학생들과 대화하는 시간을 만들고 싶다고 했다. 듬수는 특유의 수

줍은 미소로 대답했고, 머스푼은 인자한 미소로 대답했다.

마음속에는 이미 듬수와 머스푼으로 결정해 놓았으면서, 학생들에게 '토크 콘서트'를 진행하고 싶은데 누구를 초대하면 좋을지 가장 만나고 싶은 인물을 추천해 달라고 했다. 학생들은 내 마음을 읽은 것처럼 만장일치로 듬수와 머스푼을 초대하고 싶어 했다. 아주 귀한 날, 두 분을 아카데미 수업에 모셨다.

"지금은 추수하는 기간입니다. 그래서 머스푼과 나도 일을 해야 했던 상황이지요. 하지만 봉사단원들도 우리 마을에 와서 이렇게 봉사를 하는데 우리가 하루 정도 일을 빼고 오는 것은 당연합니다. 오늘 청년들과 많은 얘기를 나눴습니다. 우리의 우정, 우리의 헌신, 우리가 서로에게 주는 강점 등 많은 것들을 청년들이 배우고 싶어 했습니다. 청년들은 많은 질문을 해 주었고, 우리도 그 질문에 답을 줄 수 있어서 좋았습니다. 오늘 우리가 했던 토크 콘서트는 맛있는 음식을 먹은 것 같은 느낌입니다. 오늘 토크 콘서트에서 우리 마을 청년들이 진지하게 듣는 모습이 듬직했습니다. 이런 기회를 주셔서 감사합니다." 듬수가 소감을 말했다.

"여러분은 모두 나의 자식과도 같습니다. 교육 면에서 여러분이 성장하는 동안 마이막덴 초등학교 1학년에서 8학년까지 공부할 때 내가 여러분을 지켜보고 내 자식처럼 가르쳤습니다. 오늘 나와 듬수로부터 인생 경험을 들으러 온 학생들을 지켜보고 있으니 내가 그동안 느꼈던 아버지

같은 마음이 더 강해졌습니다. 나는 항상 이런 순간을 꿈꿔 왔습니다. 이사야스가 벽돌공장에서 일할 때도 나는 이사야스에게 너는 더욱더 변화해야 한다고 여러 번 이야기했습니다. 솔직하게 말하자면, 나는 오늘 토크 콘서트를 통해 말로 표현할 수 없을 만큼 행복함을 느꼈습니다. 오늘 나와 듬수가 나눈 인생 경험과 마이막덴 발전을 위한 나의 바람이 여러분에게 가서 닿기를 바랍니다. 그리고 내 생각에는 잘 닿은 것 같습니다. 나는 여러분이 마이막덴을 바꿀 가능성이 있다고 믿습니다." 머스푼도 소감을 나눠 주었다.

학생들은 두 지도자를 어릴 때부터 알고 지냈지만 두 분과의 대화를 통해 존경의 마음이 더 커졌다고 표현했다. 그리고 두 분 삶의 깊이 있는 얘기를 들을 수 있었다는 것에 감사했다. '노인 한 분이 돌아가시면 도서관 하나가 사라진다'라는 표현을 들었던 기억이 난다. 우리는 살아 있는 경험과 삶의 지혜가 가득 담긴 도서관을 풍성하게 탐색할 수 있었고 많은 것을 배웠다.

토크 콘서트

머스푼과 듬수

마이막덴의 최고 강점이 무엇이냐고 묻는다면 '훌륭한 지도자가 있다'라고 답하고 싶다. 운영위원회 위원장이자 마이막덴 초등학교 교장인 60세의 아토 머스푼과 부위원장이자 종교지도자인 아토 듬수는 같은 해에 마이막덴에서 태어난 친구 사이이다. 두 분의 아버지도 친구였다. 마이막덴의 부모들은 자녀의 우정을 신중하게 생각한다. 그래서 어떤 부모는 다른 부모에게 '내 아이가 그쪽 아이와 친구를 해도 되냐'고 물을 정도다. 머스푼과 듬수 두 사람의 우정도 그 물음으로 시작됐다고 한다.

아토 머스푼은 어릴 적부터 선생님이 되고 싶었다. 그래서 3학년이 됐을 때부터 어린 학생들에게 피델을 가르쳤고, 10비르의 용돈을 받았다. 초등학생이었던 머스퓨은 3개월 동안 스스로 일하고 받은 용돈을 모아서 옷을 한 벌 샀던 적이 있었는데 그때를 생각하면 지금도 행복하다고 했다. 그가 5학년에 진학했을 때 학교에 다니지 않는 다른 친구들이 부러워서 부모님과 상의한 뒤 학교를 그만두고 1년을 놀았다. 그 후 다시 학교를 다니자 공부하는 것이 더 재미있었다고 했다.

아토 듬수는 사업가가 되고 싶었다. 그러나 그의 부모님은 그가 종교 지도자가 되길 원하셨다. 듬수가 어릴 적에는 마이막덴에 초등학교가 없어서 메켈레에 있는 학교까지 걸어 다녀야 했단다. 그러던 어느 날 하교하는 듬수의 눈에 총을 든 군인 3명이 보였다. 군인들은 누군가를 찾고 있었다. 어린 듬수는 수풀에 숨었다. 그는 그날 하나님께서 그들의 눈을 가리셔서 자신을 발견하지 못했다며, 만약 그들에게 발견됐다면 자신은 무조건 총살당했을 거라고 했다.

어느 날 교육부 관료가 마이막덴을 지나다가 길에서 학생들이 어린 학생들을 가르치고 있는 모습을 보게 됐다. 그는 가던 길을 멈추고 차에서 내려 길에 있던 마을 어른에게 아이들이 공부하기 원하는지 물었다. 그때 그 질문을 받았던 분이 아토 아드하나, 즉 듬수의 아버지였다. 아드하나는 그 관료에게 그렇다고 말하면서 "만약 정부에서 학교를 짓겠다고 하면, 내 땅을 무료로 내놓겠다"라고 말했다. 그렇게 마이막덴 초등학교가 지어졌다.

그들이 6학년 무렵 에티오피아는 정치적으로 더욱더 불안정해졌다. 당시 많은 정치적 움직임이 있었는데 정당 중 한 곳에서 머스푼을 신당원으로 뽑았다. 그는 정당에 가입하고 싶어서 가족들에게 말씀드렸으나 가장 지혜로웠던 삼촌은 머스푼에게 정당 일을 하기보다 계속 공부하라고 조언했다.

"머스푼, 너는 우선 공부를 끝내야 한다. 만약 네가 지금 정당에 가입한다면 후에 너는 더 중요한 사람이 될 수 없어. 왜냐면 모든 조직은 교육받은 사람을 원하기 때문이야. 어느 조직이든지 강해지려면 지식인이 필요한 거야. 교육을 받고 난 뒤에는 언제든 네가 원하면 정당에 가입할 수 있어."

삼촌의 조언을 듣고 머스푼은 생각을 바꿨고 계속 공부에 매진했다. 머스푼은 그때 자신이 삼촌의 조언을 듣지 않고 정당에 가입했더라면 전쟁 때 죽었을 거라고 했다. 삼촌의 조언을 듣고 공부에 매진한 머스푼은 초등학교 선생님이 됐고 여러 지역을 다니면서 교직생활을 하다 현재는 마이막덴 초등학교의 교장 선생님이 됐다.

어린 시절부터 사업가를 꿈꿨던 듬수는 부모님의 소원으로 신학교를 졸업하고도 사업가의 꿈을 버리지 못하고 친구들과 창업을 준비했다. 그러나 부모님의 열망은 그의 진로를 바꿨고 그는 마이막덴으로 돌아와 공무원이 됐다. 그리고 평생 마이막덴 교회에서 종교지도자로 봉사했다.

마이막덴이 농촌개발 시범 마을로 선정되기 전 몇 달 동안 조사원들이 여러 번 초등학교에 와서 다양한 질문을 했다. 머스푼은 이 질문들이 무엇을 위한 것인지 궁금했었고 몇 달 뒤 마이막덴이 농촌개발 시범마을로 선정됐다는 정부 발표가 있었다.

그 소식을 들었을 때 주민 그 누구도 어떠한 변화를 예상할 수 없었다. 왜냐하면 주민들에게 농촌개발운동 중 '새마을운동'은 한 번도 들어본 적 없는 낯선 개념이었기 때문이다. 시범 마을이 시작되면서 코이카 1기 봉사단원들이 도착했다. 단원들이 주민들에게 농촌개발을 위한 새마을운동에 대해 설명하자 몇몇 주민들은 현실을 넘어선 기대를 했고 몇몇 주민들은 그저 지금보다 나은 상황을 기대했다. 그러나 머스푼의 기대는 달랐다.

그의 기대는 '마이막덴이 가진 문제점을 주민들이 스스로 해결하는 방법을 배우는 것'이었다. 그는 실제로 마을은 주민들의 기대처럼 변화하고 있고, 과거보다 눈부시게 성장하고 있다고 말한다. 하지만 주민들이 더 좋은 결과를 내기 위해서 스스로 더 많은 노력을 했어야 했다는 자기반성도 잊지 않는다.

그의 삶의 철학은 '어느 누구도 교육받는 것을 게을리 해서는 안 된다'이다. 그리고 교육의 결과를 '우리가 가진 지식이 적고 많음을 따지는 것이 아니라 배운 바를 행동으로 옮기는가 그렇지 않은가'라고 생각한다.

그래서 농촌개발 시범사업을 통해 배운 것을 이웃에 널리 알려야 한다고 말한다.

농촌개발 시범 마을로 선정되고 몇 년이 흐른 지금 듬수는 마이막덴이 주변 마을의 중심이 된 것을 시작으로 앞으로도 마이막덴이 농촌개발의 선두 마을로서 계속 변화할 것이라고 했다. 이유는 마을의 누구도 새마을운동이 마이막덴에 들어오기 전으로 돌아가고 싶지 않기 때문이라고 했다. 그에 의하면 마이막덴에서 농촌개발 시범사업이 시작되면서 주민들은 부지런해졌고 더 열심히 일했다. 주민들은 힘을 모아 열심히 일하면 자신들은 물론 자식들의 삶도 바꿀 수 있다고 믿게 됐다. 그 예로 최근에는 여러 청년들이 마을에서 자기 사업장을 운영하고 있으며 타국으로 취업을 위해 불법 이민을 떠나는 청년도 계속 줄고 있음을 들었다.

듬수는 메소보 지역에서 평생 공무원으로서 최선을 다했다. 또한 종교지도자로서 성경에서 말하는 이웃 사랑 실천을 위해서 의회, 교회, 마을 등 여러 곳에서 봉사하고 있다. 마이막덴이 시범 마을로 선정되고부터는 운영위원회에서도 봉사하며, 농촌개발을 위해 사람들을 조직하는 컨설팅도 하고 있다.

듬수가 청년들에게 항상 하는 말은 '절대로 포기해서는 안 된다는 것'이다. 사람은 누구나 자신이 할 수 있는 한 최선을 다해서 자신의 삶을 바꿔야 하는데, 자신의 삶을 먼저 바꾸고 자립해야 남을 위해서도 기여할 수 있기 때문이라고 한다. 그는 한국의 봉사단원들 덕분에 마이막텐이 변화되고 있으니 이제는 주변마을의 변화를 위해 마이막텐 주민들이 기여할 때라고 말한다.

머스푼과 듬수

아브라하츠바

환경보호 분야에서 세계적인 상을 7개나 받아 유명해진 아토 가브리엘이 이장으로 일하는 마을이자 스스로 농촌 개발을 성공적으로 이뤄낸 아브라하츠바에 운영위원회 위원들을 모시고 견학 갔던 적이 있다. 교육적 효과가 좋았기 때문에 학생들도 데려가고 싶었다.

드디어 아브라하츠바 이장님이 견학 가능한 날을 알려주었다. 하지만 이장님이 워낙 바빠 우리가 견학하기로 한 당일 우쿠로 농업부서에서 갑작스러운 회의가 잡혔다. 아브라하츠바 견학도 중요하지만, 그보다 이장님과의 만남을 주선하는 것에 더 공들였는데 그것이 불가능해지자 실망이 컸다. 가브리엘 이장님의 애향심과 개척정신 그리고 포기하지 않는 도전정신이 아카데미 교육철학과 일맥상통하고 학생들에게 좋은 본보기가 될 것을 확신한 나는 '어떻게 하면 여기까지 온 김에 이장님의 특강을 듣게 할 수 있을까' 싶어 이장님께 계속 연락했다. 다행히 이장님은 학생들이 아브라하츠바를 견학한 후 마이막덴으로 돌아가는 길에 잠시 우쿠로에 들르면 대화하는 시간을 갖겠다고 약속해 줬다.

견학을 마치고 돌아오는 길에 가브리엘 이장님과 만남을 가진 학생들은 마이막덴에 도착하자 회의실에 모였다. 그리고 아브라하츠바를 다녀와서 배운 것에 대해 꽤 오랜 시간 토론했다. 학생들은 매주 수요일 오전 5시부터 6시까지 마을을 청소하고 묘목을 사다가 마이막덴 고등학교 공터에 심기로 결정했다. 묘목을 심었다가는 가축들이 다 뜯어 먹을 것 같아서 묘목 심을 장소로 가축 출입을 철저히 금지하는 고등학교를 선택했단다.

'학생들이 묘목을 무슨 돈으로 사서 심을까?'

묘목을 심는 프로젝트가 얼마나 대단한 일인지는, 석공업자들의 삶과 비교해 보면 금방 알 수 있다. 산에 돌이 많아서 선조 때부터 석공업에 익숙한 석공업자들은 주문을 받으면 산에 오른다. 돌산에 가서 돌을 캐내고 주문받은 모양으로 다듬는데, 1개를 다듬으면 10비르를 받는다. 가장 손 빠른 기술자도 하루에 12개 이상을 다듬지 못한다.

보통 사람들은 7~8개를 다듬는다고 하니 80비르를 버는 셈인데, 그 돈으로 가족들이 먹어야 할 빵을 구입하는 게 보통이다. 마이막덴에서 가장 싸고 음식으로 먹는 보편적인 빵은 '빠야'다. 빠야는 크기도 생김새도 호빵 같다. 빵 안에 아무것도 안 들어 있고 맛도 없는데 1개당 1비르다. 그런데 지난주 묘목 시장에 갔을 때 파파야 묘목이 50비르, 애플망고나 아보카도 묘목은 280비르나 했다. 하루 벌이로 그날을 먹고 살아야 하는 청년들이 묘목 심기를 결정했다는 회의 결과는 아무리 생각해도 불가능해 보였다.

마이막덴 떠날 날을 열흘 정도 앞두고, 퇴근을 준비하는 우리를 학생들이 마이막덴 고등학교로 초대했다. 걸어가면서도 헤어지는 것을 아쉬워하며 "더 있다 가라"라고 얘기해 주는 학생들의 귀한 마음을 들으면서 안내하는 대로 따라가다 보니 귀여운 묘목들이 우리를 반기고 있었다. 학생들은 묘목을 막 심은 것이 아니라 근면·자조·협동을 표현하는 새마을 심벌을 기념해 심었다면서 각 모서리에 한 명씩 서서 환하게 웃고 있었다.

"팀장님, 꿈이 있는 청년들에게 가난은 문제가 되지 않아요."

학생들이 배운 것을 실천하는 모습에 감동한 알렘이 말했다. 묘목 심기를 불가능하다고 생각했던 내 마음에도 마이막덴의 미래를 기대하는 희망의 묘목이 뿌리 내렸다.

가브리엘 이장님과 함께

청년들 앞에서 부끄럽습니다

새마을 아카데미 학생들은 우리 마을에서 불가능해 보이는 '방목 및 벌목 금지'에 도전하기로 결정했다. 자기들도 키우는 가축이 있고 나무를 베서 연료로 사용하기 때문에 방목과 벌목을 금지한다는 결정은 학생들 스스로에게도 큰 결심이 필요했을 것이다. 학생들은 12월 월례회의 후 '방목 및 벌목 금지'를 위해 주민들에게 호소의 시간을 갖기로 했다. 먼저 브리하노가 조기연설을 통해 두 가지 금지에 대한 운을 떼기로 했다. 이어서 샬람·슈사이·하프톰이 아브라하츠바의 사례를 발표하고, 물루가 새마을운동에 대한 전반적인 설명을 덧붙이기로 했다. 그리고 '우리 마을'도 이제는 변화를 시작할 때라는 동기부여의 시간을 갖기로 했다.

12월 월례회의는 처음부터 학생들의 주도로 진행됐다. 아브라하츠바는 1995년부터 가뭄이 심해지고 토지가 황폐화되면서 주민들이 정말 힘든 시간을 보냈다. 2002년 정부에서는 주민들을 이주시키는 프로그램을 진행하려고 했다.

그때 가브리엘 이장과 마을 원로회에서 "우리는 우리 집을 두고 이렇게 떠날 수 없습니다. 우리 자녀들을 위해 이곳을 변화시키겠습니다"라며 정부를 설득했다. 마을 지도자였던 가브리엘 이장과 원로회가 맨 처음 한 일은 모든 주민들과 함께 마을문제에 대해 토론하는 것이었다. 그들은 정부에 건의해 다양한 교육을 받았다. 토론과 교육 후에 주민들을 여성그룹, 청년그룹, 원로그룹, 종교리더그룹으로 나눈 후 구성된 그룹들과 협약서를 작성했다.

그룹들은 모두 어떤 나무도 자르지 않고, 가축을 집에서 키우는 것에 동의했다. 규칙을 어길 때 어떤 식으로 처벌할 것인지 초안도 작성했다. 초창기에 대부분 주민들이 많은 가축을 가지고 있었다. 그 많은 가축에게 먹일 충분한 풀이 없어서 풀을 찾아 며칠에서 몇 개월을 이동하고 다시 집으로 돌아오는 것이 힘들었다. 주민들은 품질 좋은 가축으로만 숫자를 줄여 키울 것을 결정했다. 주민들이 가축을 방목하지 않고 헛간에서 관리하자 식물들이 더 잘 자라나 환경보호에 큰 도움이 됐다.

마을 사람들이 순번제로 가드 역할을 맡아 돌아가면서 봉사하고 주민들은 묘목을 심었다. 그리고 그들은 더 이상 방목과 벌목을 하지 않았다. 시간이 지나면서 나무들은 자라기 시작했다. 이러한 노력을 통해서 15년 후인 지금 아브라하츠바는 살기 좋은 곳으로 변했다. 발표자 중 하프톰은 견학 당시 주민들 집에 가축들이 묶여 있고, 집 안에서 키우는 가축에게 먹이 주는 모습을 여러 번 보았다고 했다. 밭을 갈고 있는 한 어르신께 방목 금지에 대해 묻자 규칙이 굉장히 엄격하다고 했다. 어느 날 마을 들판에서 가축들이 풀을 뜯고 있었는데 바로 자기 동생이 키우는 가축이었고, 비록 자신의 동생이지만 규칙을 어겼기 때문에 가축당 벌금을 물도록 했단다. 이처럼 주민들 모두가 환경보호에 대해 이해하면서 서로 노력하고 있다고 했다.

학생들은 덧붙여서 마이막덴에도 이러한 규칙들이 있지만 주민들이 이행하고 있지 않음을 강조했다. 바로 이 점이 마이막덴과 아브라하츠바의 가장 큰 차이점이라고 했다. 이제는 마을의 지도자들과 어른들이 이미 마을에도 있는 이 규칙을 어떻게 적용하면 좋을지 진지하게 생각하고 함께 힘써 줄 것을 호소했다. 학생들의 발표가 끝나자 원로회 가운데 한 분인 아토 데스타가 말했다.

"'방목과 벌목 금지 규칙'이 우리 마을에도 있는 것은 맞습니다. 정부에서 하라고 했지만 그 중요성을 진지하게 생각하지 않았기 때문에 적극적으로 실천하지 않았을 뿐입니다. 그 책임이 저희 원로들에게 있겠지요.

청년들 앞에서 부끄럽습니다. 우리 원로회에서 신경 쓰지 못한 부분을 꼬집어 준 것에 대해 고맙습니다. 그리고 한국인 봉사단원들이 우리 마을의 청년들에게 이런 교육을 해 주어 감사합니다. 원로회에서도 이 규칙을 마을에 적용하도록 적극적으로 노력하겠습니다."

4

사랑 더하기 사랑은

알렘이 허벅지에 구멍이 있는
청바지를 입고 출근했다.
두 살의 미타가 먹고 있던
계란 프라이로 그 구멍을 가려줬다.

한랭 알레르기

전기장판이 고장 났다. 하늘이 무너지는 기분이라는 것이 이런 때를 두고 하는 말일 듯싶었다. 단전 탓에 아프리카로 파견되는 단원들의 전기장판은 남아나지 않을 것이라는 얘기를 들었었다. 유독 추위를 타는 나는 전기장판을 아주 조심히 사용했으나 나의 보물 1호 전기장판은 내 허락도 없이 고장 나 버렸다.

"어? 팀장님 눈이 왜 그래요? 입술도 부었어요."

"대원, 괜찮은 거야? 목소리가 이상해."

오른쪽 눈두덩이 갑자기 부어오르기 시작하더니 이곳저곳에 두드러기가 올라왔다. 벼룩에 물렸을 때처럼 심각하게 가려웠다. 두드러기는 온몸에 퍼졌다. 한랭 알레르기였다. 마을에 가도 춥고, 집에 와도 추워서 수시로 생기는 두드러기 때문에 보는 사람들이 모두 걱정할 정도였다. 두드러기가 나면 야수처럼 울퉁불퉁하게 변하는 얼굴 때문에 흉하게 보여 다소 민망했다. 가렵기도 하지만 너무 아파서 나도 모르게 눈물이 흘렀다. 심할 때는 호흡곤란이 오기도 했다. 큰돈을 들여서라도 난로를 사려고 아무리 돌아다녀도 구할 수가 없었다.

한국보다는 덜 추운데 뭘 그렇게 추위에 유난이냐고 묻는 이도 있을 것이다. 하지만 한국에는 추위를 견딜 수 있는 다양한 난방 시스템이 있지 않은가. 하지만 이곳은 너무 추운데 그 추위를 가시게 해 줄 만한 것이 없다. 하루 이틀, 일주일, 한 달, 두 달이 지나자 한랭 알레르기는 나를 점점 심하게 괴롭혔다.

"대원, 오늘 몇 시에 퇴근해?"
"집에 도착하면 6시 30분쯤 될 것 같아요. 왜요?"
"네가 너무 추워하는 것 같아서 창가에 소파 좀 놓아 주려고."

주인아저씨도 걱정되는지 댁에 있던 소파를 가져와 햇살이 드는 창가에 놓아 주고는 햇볕이라도 쬐라고 양보해 주었고, 부치도 걱정되는지 꼬리에 유독 많은 털로 내 발을 덮어 주었다.

"팀장님, 페트병에 끓인 물을 담아 이불 속에 넣고 자면 그래도 새벽까지는 견딜 수 있어요."

알렘이 좋은 팁을 주었다. 알렘의 전기장판도 고장 나서 생존 방법을 터득했다고 했다. 그날부터 나는 물을 끓여서 페트병에 담아 잘 때도 끼고 자고 낮에도 온종일 끼고 다녔다. 물이 식어 자주 바꿔 줘야 했지만 그래도 온기가 있는 게 어딘가.

어느 날 선교사님 댁에 갔는데 흉하게 변한 내 몰골을 보고 실버벨이 말했다.

"팀장님, 저 전기장판 1개 더 있는데 드릴까요?"
"꺅!"

나는 너무 좋아서 대답도 못 하고 소리만 질렀다. 머리끝부터 발끝까지 모든 세포 하나하나가 다 열리며 내 마음은 벌써 온기로 가득 채워지는 듯했다. 전기장판을 최고로 높여 놓고 온몸을 지질 생각을 하니 하늘을 나는 기분이었다. 실버벨이 천사로 보였다.

에티오피아에 사는 동안 한랭 알레르기로 고생은 했지만 무사할 수 있었던 것은 나를 걱정하고 챙겨 준 사랑하는 이들의 따뜻한 관심과 실질적인 표현 덕분이었다. 나는 너무 큰 사랑을 받고 있음에 매일 감사했다.

38개의 작은 사방댐

"아스파, 1번 사방댐으로 갑시다."

1번 사방댐 주변 토지가 점점 유실돼 몇 년 안에 산 위의 집들이 위험할 수 있겠다는 대화를 하면서 1번 사방댐에서부터 토지변형이 시작된 부분을 중심으로 산을 향해 올랐다. 그곳은 10여 년 전부터 산꼭대기에서부터 무섭게 모여 흐르는 빗물로 파인 곳이 점점 넓어지면서 우기에는 강이 되고 있었다. 이 때문에 마을이 둘로 나뉘게 되자 선배 단원들과 주민들이 힘을 합쳐 다리 역할을 할 수 있으면서 빗물도 받아 사용할 수 있는 사방댐을 건설한 것이다. 산에서 가장 가까운 곳에 있어서 나는 그곳을 1번 사방댐이라고 이름 지었다.

건기라서 물이 없는 강줄기를 따라 올라가는데 1번 사방댐에서 산꼭대기 쪽을 향해 30미터 정도 떨어진 곳에 돌들이 가지런히 쌓여 있는 것이 아닌가?

'어? 이게 뭐지?' 분명 작게 쌓은 사방댐이었다. 들고 있던 지팡이로 사방댐의 높이를 재보니 대충 1미터쯤 됐다. 우리는 호기심이 생겨 앞으로 더 걸어가 보았다. 그런데 이게 웬일인가? 30미터 정도를 가니 비슷한 높이의 사방댐이 또 있었다. 그렇게 앞으로 가다 보니 산 중턱까지 총 38의 사방댐이 있었다. 나는 마을에서 내가 모르는 일이 발견되면 무조건 듬수를 찾아갔다.

"아토 듬수, 궁금한 것이 있어서 왔어요."

"그래. 얘기해 봐요."

"방금 아스파랑 1번 사방댐에 갔다가 이상한 것을 발견해서 여쭤 보러 왔어요."

"1번 사방댐에서?"

"정확히 말하면 1번 사방댐을 보러 갔다가 산 중턱까지 작은 사방댐들이 38개나 있는 것을 보았어요. 신기해서 사진 찍어 왔어요."

사진을 보여주면서 얘기하자 아토 듬수는 그분만의 특유한 미소를 지으면서 대답했다.

“의무 노역 기간에 마을 사람들이 쌓은 거야. 그저 돌을 주워서 쌓기만 해서 많이 허술할 거야. 그래도 그 사방댐 덕분에 그 주변이 훨씬 녹지화됐고 토지 유실도 어느 정도 예방됐지.”

진지하게 설명해 주는 듬수와 그의 말을 통역해 주는 아스파를 번갈아 가며 바라보던 내 눈이 반짝였나 보다. 아스파가 통역하다 말고 왜 그러는지 물었다. 우리 마을 사람들 너무 멋있어서 감동한 것이라고 하자 아스파가 웃으면서 듬수에게 통역해 주었다. 듬수는 또다시 멋쩍은 미소를 지으면서 이왕 여기까지 온 거 커피 마시고 가라며 집으로 안내했다.

부끄러웠던 큰소리

첫 회의부터 강조했던 면 생리대 사업은 결국 물거품이 됐다. 시몬 사장님께서 아디스아바바에 다녀오는 날이면 기대했다가 실망하는 일이 계속됐다. 우리는 사장님께만 기대지 않고 여러 루트를 통해서 방수천 찾는 일을 계속했지만, 에티오피아에서 방수천은 구할 수 없었다. 내가 너무 고민하자 아디스알렘 팀장님은 파키스탄에서 온, 섬유 공장의 관리자로 일하시는 분을 소개해 주셨는데, 그곳에도 방수천은 없었다. 인도인이 운영하는 섬유 수입회사에도 갔었으나 에티오피아에는 방수천이 수입되지 않는다는 절망스러운 소식만 들었다.

면 생리대 사업은 무조건 잘될 것이라고 이 회의 저 회의에서 시장조사도 없이 큰소리 뻥뻥 쳤던 나는 너무 부끄러웠다. 현지 적응훈련 당시 우리 팀은 이미 '면 생리대 제작 사업계획서'를 만들어서 공유했는데 당시 현지 학교를 지원하는 한 NGO에서 여학생들이 생리를 하면 기숙사에서 나오지를 않아 결석 일수가 많다며 1200장을 선주문했었다. 대표님은 분기에 한 번은 전화를 주셨는데, 나는 '방수천을 아직도 못 구했습니다'라는 말만 되풀이할 수밖에 없었다. 쥐구멍에라도 들어가고 싶었다.

진행하던 사업도 마무리되고 다음 달이면 철수하는데 방수천을 구하지 못했다. 결국 운영위원회 회의에서 면 생리대 사업을 못 하게 됐다고 말씀드렸다. 모든 것이 다 준비됐으나 방수천을 못 구해서 포기할 수밖에 없다고 말했다. 아스파도 통역하면서 방수천을 구하려고 우리 팀이 많이 노력했다는 설명을 덧붙였다. 부녀회장님은 마을의 여자들이 정말 기대했지만 어쩔 수 없다면서 수고했다고 말해 주는데, 그 때문에 더 부끄러웠다.

그러나 포기할 수 없었다. 재봉학교 교장인 저말, 재봉협동조합 살람과 회의를 했다. 재단에 후속 사업 지원 프로그램이 있으니 시몬 사장님께 수시로 연락해 보고, 방수천이 에티오피아에 수입되면 언제든 재단에 제안서를 넣고 자금을 지원받아 꼭 면 생리대를 만들어 줄 것을 부탁했다. 저말은 자신도 이 사업이 꼭 필요하다는 것을 알기 때문에 방수천만 구해진다면 시작하겠다고 대답했다.

아디스아바바에서 현지 적응훈련 당시 면 생리대를 선주문했던 NGO에 전화를 드려 사정을 전했다.

"여보세요?"

"안녕하세요, 팀장님. 반가워요. 어떻게, 면 생리대가 다 만들어졌나요?"

"……. 아니요. 사실 그것 때문에 전화드렸습니다. 저희가 다음 달이면 사업을 마무리하고 귀국해야 하는데 아직까지도 방수천을 구하지 못했어요. 그래서 오늘 우리 마을 운영위원회와의 회의에서 면 생리대 사업을 포기하게 됐다고 발표했습니다. 같은 말씀을 드리려고 전화드렸습니다. 가능하다고 희망만 품게 하고 이런 말씀을 드리게 돼 정말 죄송합니다."

"아쉽긴 하네요. 그럼 면 생리대는 전혀 못 만드는 건가요?"

"에티오피아에서 방수천을 구할 수 없다면 그렇습니다. 그러나 우리 마을 재봉협동조합에서는 계속 방수천 구하는 것을 시도할 터이니 만들게 되면 대표님께 연락드리라고 할게요."

고마워요. 코리아

"팀장님, 저것 좀 보세요."

"어? 저 사람들은 누구예요. 아스파?

"오늘부터는 보건소 직원들이랑 마이막덴 고등학교 선생님들도 함께 한다고 합니다."

학생들이 아브라하츠바 견학 후 회의를 통해 매주 수요일을 마이막덴 쓰레기를 줍는 '청소하는 날'로 결정했었다. 학생들은 매주 수요일, 즉 새마을 아카데미 수업이 있는 날 오전 5시부터 6시까지로 청소시간을 정했다. 청소를 시작한 지 두 달이 가까워지자 주민들이 한두 명씩 함께

하더니 이제는 보건소 직원들과 고등학교 교사들까지 함께 쓰레기를 줍게 됐고, 우리가 출근하는 시간까지 청소하는 시간이 늘어난 것이다.

"팀장님, 오늘 아침에 쓰레기를 주웠거든요. 그런데 사람들이 저희한테 '한국인들이 돈 줬지? 돈 받고 하는 거지?'라고 해서 속상했어요."

"맞아요. 우리가 스스로 결정하고 시작한 거라고 말해도 안 믿어요. 이익도 없는데 그런 짓 한다고 미련하대요."

처음 마을 청소가 시작됐을 때 학생들은 돈 받고 청소하는 것이라는 오해를 받았다. 마이막덴에 놀러 오는 인근마을 주민들은 본인에게 아무런 이익이 없는데 학생들이 그런 일을 한다는 것을 이해하지 못했다. 나는 학생들의 대단한 결심이 지속되기를 소망했지만 솔직히 기대하진 않았다. 기대하지 않을 이유는 많았다. 학생들이 마을을 청소하는 시간은 이른 시각이었고, 게다가 우리가 출근하기 전 아닌가. 내 눈에 보이지 않자 나도 한두 주 관심을 갖다가 서서히 그 일을 잊었다.

"고마워요. 코리아."

"네? 뭐가요?"

"여러분이 요즈음 하고 있는 일 덕분에 마을이 점점 깨끗해지고 주민들도 더 부지런해지고 있어요."

"'요즈음 하고 있는 일'이라니요?"

"청년들 데리고 마을을 청소하는 것 말입니다. 오늘도 청소하고 있는 청년들과 대화했는데 자신들이 마을 청소를 꾸준히 하면 더 많은 사람들이 따라 하게 될 것이라고 말하더군요. 덕분에 많은 사람들이 쓰레기 줍기를 같이하고, 함부로 쓰레기를 버리는 사람들도 줄어드니 마을이 깨끗해졌어요."

마이막덴에 출장 온 마이막덴 담당 공무원 키로스가 말했다. 그 말을 듣자 학생들이 기특하게 느껴졌다. 학생들은 자신들이 하고 있는 그 행동을 전혀 내색하지 않았다. 그들이 마을 청소를 지속하리라고 기대하지 않았던 나 자신이 창피해졌다.

그들은 겨우 11명의, 마을에서 주목받지 못하는 20대 청년들이었다. 에티오피아는 과거 우리나라 문화와 비슷해 노인을 공경하는 마음이 깊고, 종교지도자와 남자 원로들 그리고 공무원들의 권위가 세다. 상대적으로 여자와 젊은이들의 힘이 약한데 이는 시골로 가면 갈수록 더 강하다. 그러다 보니 청년들로 이뤄진 아카데미 학생들의 영향력을 기대하지 못했던 것이다.

나는 창피했고, 반성했다.
학생들은 도전했고, 실천했다.

쓰레기 줍기

애태우던 준공사업

마을에 여러 개의 건축이 시작돼 돌아보느라 더 바빠졌다. 마을은 평화로웠고 공사도 순조롭게 진행됐다. 파견 전부터 열심히 고민하고 작성한 사업계획서가 허가된 것은 5월이 돼서였다. 5개월 가까이의 시간이 훌쩍 지나갔다는 것은 우리 팀이 일할 시간이 14개월 중 9개월밖에 안 남았다는 뜻이었다. 그 안에 우기가 껴 있어 건축을 담당하고 있는 나는 파견 기간 안에 사업 마무리를 다 하지 못하게 될까 봐 속이 새카맣게 탔었다.

4기에서 골격만 잡아놓은 미용실을 완공하고, 저수지를 곡물 저장고로 변경하며, 1번과 3번 사방댐을 보수하고, 반으로 갈라져서 무너진 2번 사방댐 대신 그 주변에 새로 댐을 짓는 일을 해야 했다. 회관 정문을 보수하는 등의 준공사업을 '모든 것이 다 느린' 이 아프리카에서 9개월 안에 끝내야 하는 것이다.

5월 중순에 우리는 메켈레시 건축협회에 소속된 3곳의 건설회사를 추천받았다. 당시 3명의 건설회사 대표를 마을에 초대해 건축사업 취지를 설명하고 공사할 곳을 안내했다. 주민 일자리 제공, 회관 정문 보수 무상지원과 짓게 되는 건축물들의 하자보수를 철저히 하기 위한 보수 비용 확보에 대한 안내까지 한 후 경쟁 프레젠테이션에 이 내용들을 넣어서 진행해 달라고 부탁했다. 그런데 프레젠테이션 전날인 7월 10일 티그라이주에 지진이 발생했다. 모든 건축회사 대표들이 주 정부에서 진행하는 솔루션회의에 호출돼 우리 일정은 무산됐다. 7월 28일 프레젠테이션이 진행됐다.

2주 전부터 마을 입구 게시판에 공지했기에 운영위원회 위원들 15명 말고도 마을 건축에 관심이 있거나 일자리가 필요한 주민들까지 참석했다. 오전 내내 진행된 프레젠테이션이 끝난 뒤 대표들이 나가 있는 동안 운영위원들은 채점표로 점수를 매겼다. 결과는 삼손이 대표로 있는 '예마하 건설회사'로 선정됐다.

8월부터 진행된 풋쫌의 루머로 공사계약도 무기한 연장됐다. 다행히

11월 월례회의에서 일이 잘 해결돼 계약을 하려는데 삼손이 형제상을 당했다. 그러는 사이에 저수지를 곡물 저장고로 변경하려던 것은 중앙시장에 곡물 저장고를 신설하는 것으로 결정됐다. 장례식을 치르고 온 삼손과 계약을 하려는데 재단에서 보내 준 감리사가 마이막덴 토질 검사를 마친 후 공사를 시작해야 하니 계약을 늦춰야 한다는 피드백을 줬다.

내 속은 까맣게 타다 못해 재가 될 것 같았다. 준공사업은 신축 작업도 있지만. 선배 단원들이 고생하며 지은 모든 건축물들이 위험하거나 흉하지 않도록 잘 마무리해야 하는 중요한 일인데 빠르게 흐르는 세월은 점점 내 편이 아닌 것 같았다. 12월 토질 검사 결과가 나오자 재단에서는 3번 사방댐에 심각한 하자가 있어 사방댐 보수 전문가에게 맡겨야 하니 우리 팀은 2번 사방댐 신설과 3번 사방댐 보수를 제외하고 미용실 완공, 곡물 저장고 신설, 1번 사방댐 보수, 회관 정문 보수 4가지 공사만 진행하라고 했다.

1월 11일. 우여곡절 끝에 공사계약을 했다. 사업을 마무리하고 철수하기까지 두 달이 조금 안 남았다. 그러나 일단 계약을 하자 나의 염려와는 다르게 공사는 빠르게 진행됐다. 애타는 내 마음을 충분히 아는 삼손은 낮과 밤을 가리지 않았고 주말에도 나오면서 고생했다. 먼저 회관 정문과 1번 사방댐이 새 단장을 끝내더니 미용실이 완성됐고 마지막 곡물 저장고까지 멋지게 마무리 됐다. 내 마음도 평정을 되찾았다.

빛나는 수료증

새마을 아카데미 11명 전원이 총 30차시 중 80% 이상 출석했다. 아스파를 통해 티그라이주는 유치원 졸업식을 굉장히 거하게 하고, 초등학교와 고등학교는 교실에서 담임 선생님과 간단하게 한다고 들었다. 마이막덴 유치원은 한국인 봉사자들에 의해 2013년에 설립됐고, 2016년에 공립화가 됐으니 20대의 아카데미 학생들은 지금까지 졸업식다운 졸업식에 참석해 본 경험이 없었다는 얘기다.

수료시기가 다가오자 우리는 정말 수고한 학생들에게 최고의 수료식을 선물하고 싶었다. 먼저 수료증을 제작했다. 소중한 수료증은 한국에서 보내 준 하드케이스에 담았다. 또한 메켈레대학교 협동조합학과에서 특별교육 과정으로 기회를 주셨던 비즈니스트레이닝 수료증도 대학교에서 미리 받아 놓았다. 6월부터 1월까지 진행된 학생들의 교육 과정을 담은 사진을 인화해 각각의 졸업 앨범을 준비했고, 뜻깊은 시간들을 영상으로 만들었다.

30차시가 있던 날 수업을 마친 후 수료식 예행연습과 졸업사진 찍기, 그리고 설문조사와 만족도조사를 했다. 한껏 멋을 내고 온 학생들이 행복해 보였다. 자유롭게 졸업 사진을 찍으면서 즐거운 분위기를 만끽했다.

“제게 가장 기억에 남는 수업은 악숨 견학입니다. 견학 전에 했던 모든 준비, 설렘, 궁금증 그리고 잠을 이룰 수 없던 밤 모두 기억에 남습니다. 그런데 견학 당일 악숨 견학이 다른 날로 바뀌었다는 얘기를 들었습니다. 그때의 실망은 너무 컸었습니다. 그리고 악숨으로 가던 도중 메론이 아팠는데, 점차 상태가 나빠지더니 탈진을 했습니다. 이날이 제가 새마을 아카데미 수업 중 가장 잊지 못할 순간입니다.” 악숨 견학 일정이 변경된 것을 두고 얘기하던 그렌마이의 솔직한 표현이 재미있었다.

“저는 여기서 보낸 시간이 너무 좋았습니다. 아카데미는 저에게 밝은 미래와 희망을 주었습니다. 그리고 제가 이 기회를 놓치지 않았기에 저는 정말 행복합니다. 이 모든 것은 제가 배운 것을 사람들에게 퍼뜨릴 수 있도록 가능성을 만들어 주신 덕분입니다. 저는 봉사단원들과 아스파가 오래오래 건강하고 의미 있는 삶을 살도록 기도하겠습니다. 제가 배운 것을 많은 사람들에게 확산시키겠습니다. 아카데미 수업이 저의 미래와 비전을 확실하게 해줘서 저는 매일 새로운 삶을 살고 있습니다. 저는 여러분께 마을의 다른 사람들을 위해서도 새마을 아카데미를 계속해 주시길 부탁드리고 싶습니다." 역시 맏형인 브리하노의 소감은 달랐다.

"우선 새마을 아카데미 선생님인 대원, 테스파네쉬, 알렘 그리고 아스파가 저희에게 보여준 친절함과 저희를 가르치신 방식에 대해 감사드리고 싶습니다. 덕분에 저희는 인생에 평생 잊지 못할 순간을 얻게 됐습니다. 여러분의 헌신 덕뷰에 마이막덴의 주민들이 지난 4년보다 새마을 운동 정신을 더 이해하고 알게 됐습니다. 그래서 저희는 새마을 아카데미위원회를 만들어서 우리 마을에서 새마을 아카데미를 계속하려고 합니다. 주민들은 더 많은 변화를 위해 서로 도울 것입니다. 우리의 노력은 마을에 변화를, 더 나아가서는 에티오피아에 변화를 가져올 것입니다. 여러분들의 가르침을 평생 잊지 않고 전하며 살겠습니다. 감사합니다." 새마을 아카데미 2기를 운영하게 될 학생회장 이사야스의 소감이다.

아쉬움을 뒤로하고

"아토 듬수, 어서 오세요."

따사로운 햇살에게 심술부리며 쌩쌩 부는 바람을 뚫고 듬수가 사무실로 찾아왔다. 너무 추워 마브라트의 분나가 몹시 그리웠던 차에 좋은 핑곗거리가 생겼다.

"마브라트, 분나 부탁해도 될까요? 아토 듬수가 오셔서 회의를 좀 해야 할 것 같아요."

메켈레대학교 수업

텃밭을 조용히 걷던 마브라트는 예쁜 미소를 지으면서 알겠다고 답했다.

"아토 듬수, 무슨 일이세요?"

"고맙다고 말하려고 왔어요."

"예? 갑자기 무슨?"

"협동조합 수업 등 말이야. 여러분 덕분에 마을 사람들이 훌륭한 수업을 받을 수 있었잖아."

메켈레대학교 협동조합학과 아라돔 박사와 테스파이 교수가 마이막덴이라는 이 시골의 특별한 변화에 큰 관심을 갖고 교육을 약속했었다. 새마을 아카데미 학생만을 대상으로 하는 '비즈니스 트레이닝' 과정 말고도 여러 가지 협동조합이 생기고 있는 마이막덴에 주민들 대상 '협동조합 교육'과 '저금 및 자금 관리 교육'까지 진행해 주었다.

"아토 듬수, 이왕 얘기가 나온 김에 이제 우리도 사업을 마무리하려고 하는데, 혹시 우리가 처음 만났을 때 약속한 사업 중 남은 사업들이 있을까요?"

"봉사단원들이 한 약속은 다 지켰어. 그리고 약속하지 않은 것까지도 많은 것을 해준걸."

수첩을 꺼내서 꼼꼼하게 적어 놓았던 메모들을 보여주는 아토 듬수의 노트에는 우리가 파견 당시 운영위원회와 회의를 통해 약속한 사업 스물 세 가지 제목들이 적혀 있었다. 그 옆에는 면 생리대 사업을 제외하고 '√'로 꼼꼼하게 표시돼 있었다.

'역시.'

"여러분이 이렇게 많은 일들을 다 진행하는 동안 충분하게 도와주지 못해서 미안했어."

"무슨 말씀이세요. 아토 등수가 우리에게 얼마나 큰 힘이 돼 주셨는데요. 모든 사업들이 잘 진행되도록 열심히 도와주셨고요. 특별히 곡물 저장고 지을 땅을 정부에서 지원받으려고 할 때 한 달 넘게 메소보 사무실에 출근해 끈질기게 설득하셔서 결국은 허가서 받아오셨잖아요. 그때 저희가 얼마나 감동했는데요."

평소 감정 표현을 잘하지 않는 등수가 부끄러운지 눈을 피했다.

"우리 마을과 아무 상관이 없는 여러분도 우리 마을을 위해 그렇게 열심히 일하는데, 거기에 비하면 큰 도움이 되지 못한 것 같아서 늘 미안했어."

"흑흑흑" 알렘이 갑자기 울었다.

"아니, 알렘. 갑자기 왜 울어?"

알렘은 어른으로서 우리 팀이 진행하는 사업을 가장 열심히 도와주었던 듬수가 우리에게 미안하다고 말씀하시는 게 너무 감동스러워 운다고 했다. 알렘의 얘기를 들은 듬수도 아스파도 나도 눈가가 촉촉해졌다.

“알렘, 그만 울고 커피 마시자.” 마침 마브라트가 맛있고 고소하게 끓인 커피를 건네주었다.

“아~ 저 여기 정들어서 어떻게 해요. 떠날 때 진짜 힘들 것 같아요.”

“아쉬우면 연장해서 계속 있으셔도 되는데….”

“아니, 그건 아니고요. 후회 없이 열심히 일했으니 이젠 집에 가야죠. 가족도 보고 싶고 친구들도 엄청 보고 싶어요. 헤헤.”

조금 전까지 주르륵 눈물을 흘리던 알렘이 얼른 눈물을 닦고 방긋 웃으면서 얘기했다.

저금 및 자금관리, 협동조합 교육 후

마무리하는 잔치

최종 사업 보고서와 인계 인수서를 제출할 시기가 다가왔다. 우리 팀의 활동도 종결할 시기가 다가왔다는 뜻이었다. 길다면 길고 짧다면 짧을, 소중한 이 세월을 어떻게 마무리할까?

소를 잡기로 했다. 주민들이 충분히 먹을 수 있는 음식을 준비하는 과정은 쉽지 않았다. 청·장년회에서 태울 장작을 충분히 준비했고, 부녀회에서 요리를 담당했다. 우리 돈으로 110만 원 정도 소요되는 예산 준비는 우리의 몫이었다. 풍성한 뜹스(소고기 볶음요리)와 인제라에 시원한 탄산음료와 바나나가 준비된 잔칫날 아침이 되자 마을은 너도 나도 들떴

마을잔치

고 당나귀들도 즐거워했다.

코이카 정장을 근사하게 차려입고 출근한 우리를 살람이 불렀다. 그녀를 따라 재봉실로 갔더니 3장의 아름다운 티그라이 전통 드레스와 아스파를 위한 전통의상이 옷걸이에 걸려 있었다. 새마을 아카데미 학생들이 직접 디자인하고 재단해 만든, 세상에서 딱 한 장씩뿐인 드레스는 치수를 재지 않았는데도 각자에게 딱 맞았다. 정말 예뻤다. 학생들은 이 드레스를 입고 오늘 잔치에 참석해 달라고 부탁했다. 우리는 기꺼이 그랬다.

주민들 전체와 함께하는 마지막 날인 오늘도 역시 해야 할 일이 많았다. 그동안의 사업을 보고하고, 통역으로 고생한 아스파와 운영위원회에 감사를 표하고 정부 관계자들께 농촌개발운동 시범사업을 인계했다. 그동안 찍은 주민들의 가족사진을 인화해 아름다운 액자에 담아 나눠 주고, 30차시를 열심히 공부한 새마을 아카데미 학생들을 위해 '새마을 아카데미 수료식'을 진행했다. 수료증을 받는 학생들의 이름이 한 명 한 명 불릴 때마다 환호성이 울렸다. 마을 사람들은 모두가 그들의 친구였고 가족이었다. 자신들이 수료증을 받는 것처럼 진심으로 축하해 주었다. 학생들은 기쁨의 눈물을 흘렸고 가족이나 친구에게 뛰어가 안겨 펑펑 울기도 했다. 회관 마당은 울음바다가 됐다.

그러나 마을잔치는 여기서 끝나지 않았다. 음식 냄새가 폴폴 풍기지만 아직 먹을 준비가 덜 된 시간에 마지막 새마을 교육을 진행했다. 농민

세 분께 미리 강의를 부탁했다. 주제는 우리 마을의 산림복구를 위한 노력 중 묘목을 심고 효과적으로 관리하는 방법이었다. 마지막 새마을 교육을 마무리하면서 나는 주민들에게 한 가지 질문을 했다.

"하반기 새마을 교육을 통해 가장 강조했던 내용은 우리 마을의 산림복구를 위한 '방목과 벌목 금지'였습니다. 하나님께서 혹시 제게 마이막덴에 다시 올 수 있는 기회를 주신다면 그때는 우리 마을에서 돌아다니고 있는 가축을 한 마리도 발견하지 못하면 좋겠습니다. 산에 나무도 있으면 좋겠습니다. 여러분만 괜찮으시다면 오늘 제가 얼마만큼의 변화가 생겼는지 눈으로 확인하고 싶은데 혹시 방목을 멈추고 가축을 헛간에서 돌보고 있는 집이 있다면 손들어 보실래요?" 주민들의 손이 마구마구 올라갔다. 기뻤다.

"감사합니다. 마이막덴에서 보낸 시간들이 값지게 느껴지네요. 하늘로 높게 뻗은 손들로 표현한 변화를 여러분께서 우리 단원들에게 주시는 마지막 선물로 받겠습니다. 맛있게 식사하세요."

나는 감동하며 마지막 새마을 교육을 마무리했고, 잔치는 계속됐다.

악명 높은 우체국

에티오피아가 커피로 유명하다 보니 한국에 있는 지인들께 선물하고 싶어서 EMS로 커피를 얼마나 부칠 수 있는지 알아보러 우체국에 갔다. 우체국에서는 생커피콩만 아니면 얼마든지 부칠 수 있다고 했다. 나는 신나게 커피를 샀고 우체국에 부치러 갔다. 포장까지 다 하고 부치려고 책상에 커피를 올려놓았더니 1인당 2kg만 부칠 수 있다고 하는 게 아닌가. 지난주에는 분명히 생커피콩만 아니면 얼마든지 부칠 수 있다고 했는데…. 메켈레 우체국은 데스크에 앉아 있는 사람 마음이라고 선배 단원들이 해준 말이 생각났다. 나는 많이 구입한 커피를 눈물을 머금고 마을 사람들에게 선물했다.

MEKELLE ZONE POST OFFICE
NICE
MEKELLE UNIVERSITY MODEL PHARMAC

메켈레 우체국

건강에 좋다는 모링가 씨앗이 시중에 나왔다. 눈이 번쩍한 우리는 모링가 씨앗을 한국의 지인들에게 선물하고 싶은 마음에 EMS로 부칠 수 있는지 알아보러 우체국에 갔다. 우체국에서는 '왜 안 되냐'며 되물었다. '앗싸!' 벌써부터 선물을 받고 기뻐할 사람들의 얼굴이 그려져서 행복했다. 모링가 씨앗을 대량으로 구입했다. 우체국에 가서 한국까지 무사히 도착하길 바라며 아주 두껍고 안전하게 포장을 하고 책상 위에 올렸다.

우체국 직원이 무엇인지 묻길래 지난주에 얘기했던 모링가 씨앗이라고 대답했더니 씨앗이기 때문에 부칠 수 없다는 것이 아닌가. 아니 이미 수출까지 가능하도록 포장돼 있는데 안 된다니…. 게다가 지난주에는 가능하다고 했으면서…. 역시 메켈레 우체국은 데스크에 앉아 있는 사람 마음이다. 다행히 재단에서 손님이 오셨다. 인편으로 부탁하고 한국에 가서 택배로 부쳐 달라고 부탁하자 알겠다고 하셨는데, 공항에서 다 빼앗겼다.

1년 2개월을 살다 보니 이래저래 짐이 늘었다. 대부분 현지인들에게 주고 간다고 하더라도 한국으로 꼭 가져가야 할 짐도 있었다. 마을 사람들에게 줄 짐과 남아 있는 한국인들에게 줄 짐, 주인집에 줄 짐으로 구분했다. 그리고 얼마 남지 않은 한국으로 보낼 짐을 싸서 우체국에 갔더니 직원은 이것도 안 된다, 저것도 안 된다 하면서 태클을 걸었다. 그동안 참았던 분노가 폭발하기 직전이었다. 그러나 우리 3명의 짐이 한꺼번에 몰리자 분주해진 직원이 우리 모두가 짐을 몰래 박스에 넣고 포장을 완료

하는 모습을 보지 못한 듯했다.

혹시 메켈레로 가시는 분이 있다면 꼭 잊지 말아야 할 팁 한 가지! 그것은 바로 '메켈레 우체국은 데스크에 앉아 있는 사람이 말하는 게 곧 법'이라는 사실이다.

부치야

싸 놓은 짐을 이곳저곳에 보내니 이젠 정말 떠나는구나 싶었다. 아라가위가 헤어짐을 아쉬워하면서 가족들과 식사하자고 여러 번 초대했으나 매일 저녁 이어지는 송별 식사 약속이 잡혀 결국 함께하지 못했다. 떠나는 날이 다가왔고 아라가위와 엘사는 따스한 앙고라 스카프와 에티오피아 정교 십자가를 정성껏 포장해서 내게 주었다.

"대원, 네가 우리 집에서 산 것이 우리에게는 큰 행운이었어. 이제 새벽에 물이 갑자기 나오면 물탱크에 물 받으라고 누가 나를 깨워 주니? 너와 함께 지내면서 나는 한국이 대단한 나라인 것을 더 인정하게 됐어. 네

부치야

가 어디를 가든지 하나님께서 너와 함께하기를 기도할게."

"아토 아라가위, 감사합니다. 엘사와 아저씨가 저를 가족으로 대해 주셔서 안전하고 편안하게 잘 지낼 수 있었으니 제가 너 행운이었습니다. 저도 두 분을 위해 기도하겠습니다."

"다시 또 에티오피아에 오면 꼭 연락해. 그때도 우리 집으로 와."

"그런데 '부치야'는 어떻게 하니?" 엘사가 말했다. 그래 부치.

몇 주 전부터 나는 부치와 작별인사를 했다. 부치는 내가 떠나는 것을 알까?

우리 집에 처음 온 날 아라가위는 '부치'라고 부르면 된다고 했으나 내가 한국식으로 '부치야'라고 부르자 이젠 아저씨네 가족도 '부치야'라고 부르게 됐다. 어느 순간부터 부치는 나를 바라보기 시작했고, 아저씨가 나와 얘기하고 있으면 아저씨를 보며 물어뜯을 듯이 짖었다. 내가 부치와 놀다가 방에 들어가면 밤새 울면서 나를 불러내 수다를 떨게 했다.

"부치야, 너 이러다가 감기 걸려. 집에 들어가서 자."

"~낑."

"네가 아무리 그런 눈으로 나를 봐도 나는 자야 해. 너도 알잖아 나 출근해야 하는 거."

"~낑."

"대원, 안 자고 뭐해?"

“아토 아라가위 깼어요? 갑자기 물이 나와서요. 부치 몸이 또 다 젖었어요.”

메켈레시 수도국은 예고 없이 한밤중에 수돗물을 보낸다. 언제 물이 나올지 모르니 아저씨는 밤마다 수도꼭지를 열어두고 모든 물통을 계단식으로 늘어놓아 물을 자연스럽게 확보했다. 그런데 가끔 마지막 통까지 물이 다 차서 넘치게 되면 졸졸졸 흘러서 가장 낮은 곳인 하수구 옆 부치의 집 주변이 흥건해진다. 밤이면 추워서 입김이 나오는데도 낑낑거리는 소리가 나서 나가 보면 부치가 밖에서 달달 떨면서도 물에 앉아 있곤 했다.

아디스알렘 팀장 사모님은 개에게도 상사병이 있다고 하셨다. 우리 부치도 상사병에 걸리면 어쩌지?

아라가위와 엘사는 부치가 아홉 살이라서 올해를 넘기기 어려울 것이라고 했는데 부치가 이 세상을 떠나기 전까지 상사병에 걸리지 않도록 나는 내 사진을 인화해서 부치 집에 붙여 주었다.

내가 파견기간을 잘 마치고 한국으로 돌아가기까지 나를 지켜준 티그라이 가족들이 그리울 것 같다. 아주 많이.

작별

수도 아디스아바바에 오니 정신이 하나도 없었다. 활기차던 마이막덴이 그리웠고, 차들이 별로 없던 메켈레 시내도 그리웠다. 3월의 아디스아바바는 아직도 소우기였다. 스산했고 으스스했다. 그래도 실버벨이 준 전기장판 덕분에 따스하게 지낼 수 있어서 감사했다. 벌써부터 그리운 마이막덴에서 전화가 자주 왔다. 아카데미 학생들은 더했다.

'아디스아바바는 어떠냐? 정말 그렇게 좋냐? 날씨는 어떻고?' 한 번도 와 본 적 없는 수도가 궁금한 학생들은 아디스아바바를 아무리 묘사해 줘도 궁금해했다. 그렇지만 전화 끊기 전에 하는 말은 꼭 '너희가 그리워. 다시 오면 좋겠어'였다.

나는 파견지였던 마이막덴이 정말 좋았다. 그러나 유숙소에서 만난 다른 단원들은 그 시골에서 어떻게 살았냐고 잘 견뎠다는 말을 아끼지 않았다.

에티오피아에서의 삶을 하나하나 정리했다.

첫 번째로는 티그라이주에 살고 있는 가족들과 연락할 수 있는 유일한 스마트폰과 작별했다. 내 정보가 가득한 심카드를 뺀 스마트폰을 코이카 사무실에 두고가면 다음 주에 수도에 오는 파시카가 메켈레로 가져가서 이샤야스에게 전해 줄 예정이다. 새마을 아카데미 수업을 하면서 학생들에게 출석일수에 따라 나눠 준 달란트를 가지고 우리가 두고 갈 물건들을 경매에 부쳤는데 그때 내 스마트폰이 3000달란트로 한 번의 지각과 결석이 없던 이사야스에게 낙찰됐기 때문이다.

두 번째는 쓰디쓴 커피와 작별했다. 가정 방문을 할 적마다 커피를 못 마신다고 이상하게 쳐다봐서 연습했던 커피 마시는 시간은 어느덧 인생을 논하는 자리가 됐었다. 추운 날에 마브라트가 끓여 주는 커피와 팝콘 먹는 그 시간은 회관을 방문하는 주민들의 속애기를 듣고 마을 발전을 위해 고민하는 진지한 순간이 됐었다. 그 자리는 또한 알렘과 테스파네쉬 그리고 아스파가 자신의 앞날을 위한 꿈을 잉태하고 꿈의 실현을 위해 몸부림치던 시간이었고 나의 20와 30대를 묻고 또 들어주며 자신들에게 주어진 청춘을 탐색하던 시간이었다. 그 자리는 나의 불투명한 미래에 대한 고민의 자리였으며, 그럼에도 불구하고 아프리카에 또 올 것을 기대하게 만든 시간이었다.

세 번째로 매일 어깨에 메고 다니며 작업하던 노트북과도 작별했다. 일하면서 노트북이 고장 나지 않게 애지중지하며 얼마나 조심하면서 사용했던지 새마을 아카데미에 기증할 당시 나의 노트북은 거의 새것이나 다름없었다. 덕분에 마을 청년들이 컴퓨터를 배울 수 있게 됐다며 기뻐하던 장면이 뇌리를 스쳤다.

네 번째로는 코이카에서 보낸 집세와 생활비를 수령하던, 증명사진이 콱 박혀 있는 현지 통장과 공항에서 그렇게 진상을 피웠던 원인인 에티오피아 'ID카드'와도 작별했다. 코이카에서는 3개월에 한 번씩 집세와 생활비를 통장으로 보내 주었는데 집세를 찾아 주인집에 내는 날은 날치기를 당하지 않으려고 나의 모든 세포와 머리카락 하나까지 긴장했었다. 에티오피아는 아직까지도 지급액과 잔액 등을 통장에 손으로 직접 적어 준다.

마지막으로는 실버벨이 준 나의 보물 제1호, 전기장판과도 작별했다. 다음 날이면 떠나니 짐을 싸면서 전기장판을 유숙소를 지켜 주는 가드아저씨의 숙소에 깔아 드렸다. 아저씨는 전기선을 꽂으면 따뜻해지는 전기장판이 신기해서 스위치를 껐다 켰다 반복하더니 고맙다며 방방 뛰었다. 나도 실비벨에게 거저 받은 거라 그냥 드렸을 뿐인데 고마워하는 아저씨를 보니 기뻤다.

사실 해야 할 모든 작별 중 내가 가장 작별을 원했던 것은 한랭 알레르기였다. 그러나 한랭 알레르기는 아직도 나랑 꼭 붙어 있다. 한국에 있는 지금도 찬 바람이 불거나 에어컨 바람이 부는 곳에서는 나도 모르는 사이에 얼굴이 부어 웃긴 꼴이 되고 사람들은 놀란다.

상장

"팀장님, 물루에게서 연락이 왔어요. 아라돔 박사님이 승진하셨대요."

"정말 잘 됐네요. 어떻게 축하드리죠?"

메켈레대학교 협동조합학과 학과장이었던 아라돔 박사는 비즈니스 캠퍼스 부총장으로 승진했고, 테스파이는 협동조합학과의 학과장으로 승진했다. 다음 날이면 메켈레를 떠나는 비행기를 타야 하는데 아라돔 박사는 굳이 작별 인사를 해야 한다며 우리를 학교로 초대했다.

우리의 계단 오르는 소리에 한걸음으로 나온 아라돔 박사는 우리를 이사한 사무실이 아닌 총장실로 데려갔고 우리를 총장님께 소개했다. 그는 우리 팀은 한국에서 새마을운동이라는 농촌개발 모델을 가지고 온 코이카 봉사 단원들이며, 가난을 퇴치하고 농촌을 살릴 선물을 가지고 온 하나님이 보낸 사람들이라고 소개했다. 그리고 우리가 마이막덴에서 일했던 내용을 대신 브리핑해 주셨다. 거한 칭찬에 우리는 몸 둘 바를 몰랐다.

우리 팀이 철수한 뒤에도 에티오피아에서의 농촌개발 운동은 메켈레 대학교 안에 새롭게 설립된 '새마을운동 연구소'에서 진행될 것이기에 총장님은 관심이 많았다. 총장님은 앞으로 협동조합학과에 새마을운동 과목을 개설해 이론 수업은 학교에서 진행하고 실습은 마이막덴에서 하는 것을 진지하게 고민한다고 말했다.

총장님과 긴 담화를 마치고 일어서는데 총장님이 비서를 호출하더니 우리에게 줄 것이 준비됐는지 물었다. 비서가 '아직'이라고 하자, 우리가 내일 아침 아디스아바바로 떠난다는 것을 확인하시고는 아쉬워했다. '우리가 무엇을 받아야 하는 거지?'를 궁금해하며 총장님과 아라돔 박사와의 아쉬운 작별 인사를 했다.

아디스아바바에 있는 동안 물루에게서 연락이 왔다. 물루는 아디스아바바에 왔는데 잠깐 만날 수 있는지 물었다. 알렘과 나는 유숙소에 있어서 공항이 있는 볼레에 있던 테스파네쉬가 물루를 만나러 갔다. 저녁에 돌아온 테스파네쉬의 손에는 메켈레대학교에서 우리 각자에게 주는 공로상이 들려 있었다. 물루의 말로는 메켈레대학교에서 아시아인에게 상장이 수여된 것은 이번이 처음이라고 했다. 물론 아스파도 상을 받았다.

상 전달을 위해 아디스아바바까지 와준 물루에게 고마워서 전화했다. 물루는 "평소 같으면 아디스아바바에 올 때 버스를 타는데 너희가 에티오피아를 떠나기 전에 너희 손에 상장을 꼭 쥐여 주고 싶은 메켈레대학교 협동조합학과 교수진의 성화에 비싼 비행기를 타고 왔다"라고 웃으며 말했다. 메켈레대학교와 협업을 고민하고 있던 때 갑자기 나타났던 물루는 오늘도 갑자기 나타나 우리 손에 귀한 선물을 주고 떠났다

2012년 모든 것이 부족한 티그라이주의 시골 마이막덴이라는 불모지에 도착해 회관을 지었던 1기 선배단원들의 노력에 대한 모든 감사까지 우리 팀이 대표로 받았다. 마이막덴에 파견돼 최선을 다해 봉사한 선배 단원 한 명 한 명 모두 수고했고, 우리도 수고했다. 공로상장에 코이카 봉사단원들의 땀방울을 담아 준 메켈레대학교에 감사했고, 우리를 믿고 따라와 준 마이막덴 주민들께 감사했다.

한국인 봉사단원들의 수고를 현지에서 우리와 함께 일한 분들이 직접 인정해 준 것에 감격했고, 후회 없이 떠날 수 있어 기뻤다.

마이막덴에서 만난 한 사람 한 사람 귀하지 않은 분이 없고, 마이막덴에서 했던 일 하나하나 귀하지 않은 게 없지만 가장 귀했던 것 한 가지만 꼽으라고 하면 '교육사업'이다.

교육은 사람을 세우고 세워진 사람은 세상을 살린다. 외국어로 진행하는 교육에서 가장 취약점은 의사소통의 한계다. 2004년부터 시작된 아프리카 봉사활동을 통해 체득한 현지인들과의 소통을 위한 나만의 방식이 있지만, 정말 감사한 것은 우리 팀에 최고의 통역들이 배치됐다는 점이다.

알렘과 아스파 두 통역의 탁월한 실력과 아름다운 헌신이 없었다면 우리 팀의 모든 사업은 결코 이렇게 멋진 열매를 거둘 수 없었을 것이다. 두 사람은 통·번역으로 풍성하고 사실적인 기록을 남겼고, 둘의 수고가 이 글에 상당 부분 녹아 있다. 또 테스파네쉬의 끈기 있는 추진력이 없었다면 '천천히 문화'가 당연한 파견지에서 교육 사업의 꽃인 '메켈레대학교 비즈니스 트레이닝 과정과 여러 가지 교육'을 파견기간 안에 끝마칠 수 없었을 듯싶다.

테스파네쉬, 알렘, 아스파는 누가 봉사활동을 이렇게 꾸준히 그리고 묵묵히 자기 일처럼 잘 할 수 있을까 싶을 정도로 최선을 다했다. 한마음 한뜻으로 잘 마무리하고 갈 수 있음은 부족한 팀장이지만 믿고 따라와 준 그들 덕분이다. 사업 초기 나는 농촌개발에 대한 상식이 현저하게 부족해 겁을 잔뜩 집어먹었었다. 팀장인 내가 부족해서 우리 팀이 잘하지 못할까 봐, 우리가 마을에 충분한 도움이 되지 못할까 봐 걱정이 태산이었다.

'잘해야 한다'라는 조바심으로 잔뜩 예민했던 나에게 팀원들은 격려와 용기의 말을 건네며 함께해 주었고 나는 자연스럽게 여유와 안정을 찾았다. 덕분에 평화롭게 주민들을 사랑으로 대할 수 있었고, 있는 모습 그대로 인정하고 존중할 수 있었다. 공무원들과 원로들도 우리의 순수함에 마음을 열었고, 운영위원회는 우리를 믿고 자신들의 목소리를 냈다. 마을 발전에 이익이 된다고 판단될 땐 적극적으로 우리 팀을 설득할 정도로 성장했다.

나는 '당장 생을 다한다 해도 후회하지 않을 만큼 최선을 다하는 매일'을 살고 싶었다. 그런 매일에 홀로서기는 절대 있을 수 없다. 나를 사랑하는 이들의 관심과 사랑을 받을 때, 그리고 나도 상대에게 관심을 갖고 사랑을 표현할 때 그런 매일을 살아갈 수 있지 않을까? 우리 팀원들과 그랬고 주민들과도 그랬다. 서로를 자기 자신처럼 대하며 지냈던 세월은 우리를 성숙시켰고, 그로 인해 우리는 더 나은 모습으로 '최선을 다하는 매일'을 살아갈 수 있었다.

나는 이웃의 범위를 내 옆집, 내 주변만이 아닌 인류로 두고, 사랑을 표현하면서 살았고 앞으로도 그렇게 살 것이다. 그런 의미에서 우리가 함께 즐기고 헌신했던 마이막덴에서의 매일은 그런 삶을 사는 데 귀한 마중물이 될 것이다. 지금은 더 성장해야 하기에 잠시 있던 자리로 돌아가지만 나는 앞으로도 인류애를 포기하지 않을 것이다. 새마을 아카데미 학생들의 콜라주 수업 3주 전, 우리 팀의 콜라주 수업이 있었다. 아스파는 자신이 있을 자리를 아프리카연합으로 정했다. 세월이 더 흐른 뒤의 미래를 그리면서 우리는 각자에게 가장 어울리는 모습으로 유엔에서 만나기로 했다.

마이막덴에서 흙먼지를 뒤집어쓰고 이리 뛰고 저리 뛰던 우리가 더 성숙해질 미래에는 어떤 모습일지 기대된다.

다시 에티오피아로

안전하게 귀국해 다시 아이들과 함께 행복한 웃음과 서러운 울음들을 적절히 섞어 가며 매일을 보내고 있던 어느 날 코이카 귀국인재 모임 지원 '제 1회 리턴(RETURN) 프로젝트' 사업설명회 안내 메일을 받았다.

리턴 프로젝트는 귀국 단원들의 해외 봉사 경험을 사회에 환원하고, 전문성을 향상시키며, 국제 개발 협력에 대한 경력을 개발하고 궁극적으로는 우리나라 ODA(Official Development Assistance : 공적개발원조) 선진화를 위해 봉사활동, 연구모임, 프로젝트 세가지 분야를 지원하는 프로그램이다. 메일을 받자마자 나는 면 생리대 사업이 생각났다.

생리대 만드는 조합원들

면 생리대 사업은 우리 팀이 포기하고 왔지만 포기할 수 없었던 숙원 사업이었다. 나는 리턴 프로젝트가 마이막덴 미션을 완벽하게 마무리할 기회라고 생각했고 도전하고 싶었다. 그래서 알렘과 테스파네쉬에게 연락했다. 두 사람도 같은 생각이었다. K-May는 다시 모였다. 알렘은 대학원을 다니고 있고, 아스파와 테스파네쉬 그리고 나는 직장을 다니고 있어서 리턴 프로젝트 공모사업에 지원서를 제출하는 과정이 쉽지 않았지만 우리 팀은 1차 서류전형, 2차 면접 프레젠테이션을 거쳐 최종까지 합격했고 착수회를 시작으로 '에티오피아에서 면 생리대 제작 및 보급'사업이 진행됐다.

공모사업 지원서를 작성하면서 우리는 아프리카 케냐와 우간다에 면 생리대를 무료 보급한 경험이 있고 CSR(Corporate Social Responsibility : 기업의 사회적 책임)을 중요시 여기는 '한나패드'에 큰 용기를 내어 조력자가 돼 줄 수 있는지 메일을 보냈다. 다행히 한나패드에서 흔쾌히 승낙했다.

아스파를 통해 마이막덴 추진위원장 듬수와 재봉협동조합의 살람, 청년지도자 이사야스에게 리턴 프로젝트를 설명했다. 그리고 마이막덴 회관 재봉실을 사용할 수 있는지, 재봉협동조합원들도 함께하고 싶은지 의견을 물었다. 그 말을 전해 듣자마자 살람이 감격해서 울었고, 살람을 포함한 재봉협동조합원들 모두가 좋다고 했단다. 이사야스도 마을에 도움이 되는 일을 할 수 있게 돼 감사하다며 적극적으로 돕겠다는 의사를 밝혔다. 물론 듬수도 이 일이 잘 진행되도록 최선을 다해 돕겠다는 답변을 주었다. 메켈레대학교 협동조합학과에서도 우리 팀의 도와 달라는 요청에 반가워하면서 무엇부터 도와주면 되는지를 물어 왔다.

한나패드에서 원자재와 재단기 외에 부수적인 물품들을 기증해 주었다. 한나패드와 우리 팀은 성공적인 사업 진행을 위해 마이막덴 출장을 결정했다. 하필 출장 일정이 잡힌 시기에 에디오피아에 큰 사건이 일어나 정치적 불안정이 시작됐으나 4월부터 준비해 온 출장을 미룰 수는 없었다. 이번 사업을 마무리할 즈음 듬수의 노트에 있었던 '우리 팀이 약속한 스물 세 가지' 중 면 생리대 사업 부분에도 √가 표시 되겠지?

단원 시절부터 우리를 무조건 믿어주었던 주민들과 반가운 재회가 있던 날. 주민들은 눈앞에 나타난 우리를 보고 볼을 만지거나, 끌어안는 등 온몸으로 반가움을 표현했다. 주민들의 사랑은 여전히 따뜻했고, 여전히 깊었다.

내게 있는 것을 나누면 손해 보는 것 같이 느끼던 때가 있었다. '네 이웃을 네 몸과 같이 사랑하라'는 말이 말 같지 않던 때가 있었다. 그러나 삶을 나누기 시작하자 이웃사랑 실천은 자연스럽게 가능해졌고, 내 삶은 더욱 풍성해졌다. 분명히 나눴는데 더 많은 이익이 내게 돌아오는 재미있는 계산법, '삶을 나누는 일'. 이 가치 있는 삶이 내 삶임에 감사한다.

World Friends Korea는 무엇인가요?

월드프렌즈코리아(World Friends Korea, WFK)는 대한민국 정부파견 해외봉사단의 통합브랜드이며, 5개 부처에서 7개 봉사단 파견 프로그램을 수행하고 있습니다. 도움을 받는 나라에서 도움을 주는 나라로 성장한 경험을 통해, 개도국 이웃들의 어려움을 누구보다 공감하는 우리 국민들의 따뜻한 마음을 표현하는 이름입니다.

소관부처	수행기관	프로그램	특징	활동기간
외교부	코이카 (KOICA)	월드프렌즈 KOICA 봉사단	한국 최초 해외봉사 프로그램, 개도국 파견지역 커뮤니티에 장기 거주하며 직종별 전문 봉사 활동 실시	1-2년
		월드프렌즈 KOICA 자문단	행정, 교육, 보건분야 퇴직전문가를 파견하여 개도국 공공정책 컨설팅	1년
산업통산 자원부	정보통신 산업진흥원 (NIPA)	월드프렌즈 NIPA자문단	정보통신, 산업기술 분야 퇴직전문가를 파견하여 개도국 공공정책 컨설팅	1년
교육부	한국대학사회 봉사협의회 (KUCSS)	월드프렌즈 청년봉사단	대학생 단기봉사 프로그램, 현지 대학생과 공동 활동 포함	2-3주
	(사)태평양 아시아협회 (PAS)			
과학기술 정보통신부	한국연구재단 (NRF)	월드프렌즈 과학기술 지원단	이공계 전문인력 파견을 통한 개도국 과학기술발전 지원	1년
	한국정보화 진흥원(NIA)	월드프렌즈 IT봉사단	IT전문인력 파견을 통한 개도국 IT인재양성 지원	4주, 2-3개월
보건복지부	대한한방해외 의료봉사단 (KOMSTA)	월드프렌즈 한방봉사단	현지 의료인 세미나 및 보건교육 등 각종 질병 예방 등 의료서비스 제공	1주일-2개월

※ 코이카(KOICA)는 월드프렌즈 봉사단을 총괄 및 조정하는 역할을 하고 있으며, 한국 해외 봉사단의 발전을 위해 노력하고 있습니다.

월드프렌즈 KOICA 봉사단

1990년부터 현재까지 파견이 진행되고 있는 KOICA 봉사단은 현재 1,400여 명의 단원들이 전 세계 30여 개 국가에서 활동하고 있으며, 다양한 유형의 프로그램을 제공하고 있습니다. 2년간 개발도상국 주민들과 함께 생활하며 기술 지원 및 교류 활동을 통해 그들의 삶의 질을 높이고, 더 나아가 우리나라와 파견국의 상호이해증진에 기여하게 됩니다.

구분	프로그램	활동내용	활동기간
일반봉사단	일반/시니어 봉사단	개발도상국 수요를 바탕으로 공공행정, 교육, 농림수산, 보건, 기술환경에너지 등 30여개 전문 직종에서 봉사활동	1-2년
	프로젝트 봉사단	분야별 전문성을 갖춘 기관과의 협력을 통해 중장기(3-5년) 성과 달성을 목표로 하는 성과 중심의 팀제 프로젝트형 봉사활동	1년
	NGO봉사단	개발도상국에서 활동하는 NGO 사업현장에 파견되어 개발 프로젝트 지원 활동	1년
청년봉사단	KOICA-UNV 봉사단	KOICA와 UN봉사단 파견기관인 UNV 공동 프로그램으로 개도국 주재 UN산하기관에서 활동	6개월
	청년중기봉사단	대학생 팀제 봉사활동	6개월
	드림봉사단	특성화고/마이스터고 졸업 또는 졸업예정자가 본인의 재능을 전수	1년

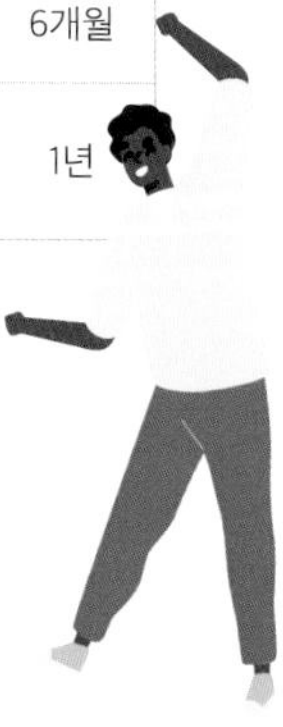

KOICA 해외봉사단은 개발도상국의 지속 가능한 경제 사회 발전을 돕기 위한 공적개발원조 ODA 사업의 하나입니다

VISION

비전

- 나눔과 배움을 통한 인류의 공동번영
- 개발도상국 주민들의 삶의 질 향상
- 개발도상국과의 우호협력 및 상호이해 증진
- 봉사활동을 통한 자아실현 및 성장

파견 유형별 지원조건

일반봉사단원 / 프로젝트 봉사단 / 시니어 봉사단

- 봉사정신이 투철한 만 19세 이상 대한민국 국적 소지자
  (만 50세 이상, 해당 직종 10년 이상 경력자는 시니어 단원으로 지원 가능)
- 남자는 군복무를 필했거나 면제된 자
- 해당 국가가 요청하는 자격기준에 해당하는 자
- 해외여행에 결격사유가 없는 자
- 해외봉사활동을 수행하는 데 심신이 적합 또는 건강한 자
  - 의료 환경이 열악한 개도국에서 활동해야 하는 바, 엄격한 신체검사 기준 적용
- 국가공무원법 제33조의 결격사유에 해당되지 않는 자

KOICA-UNV 봉사단

- 파견기간 기준 만 18~29세인 자
  - 남자의 경우 병역을 필했거나 면제된 자
- 아래 기준을 충족하는 대학 또는 대학원 재학·휴학생·졸업예정자 (졸업자 제외)
  - (대학생) 파견 이전 대학 2학년 1학기까지 수학 완료한 자 (학기 수정)
  - (대학원생) 파견 이전 대학원 입학 완료한 자
  - 대학원 재학 중인 취업자의 경우 국내교육 시작일 전까지 개별적으로 신분정리(퇴직, 휴직 등) 필요
- 국가 공무원법 제33조의 결격사유에 해당되지 않는 자
- 해외봉사활동을 수행하는 데 심신이 적합 또는 건강한 자
- 해외여행에 결격사유가 없는 자
- 해당 파견기관이 요청하는 자격기준(전공, 경력 등)에 해당되는 자

KOICA 자문단

- 해외봉사 의욕을 가진 관련 직종 퇴직(예정) 전문가로서 해당 직종 10년 이상 실무 경력이 있는 자 또는 이와 동등한 자격이 있는 대한민국 국적을 가진 자
- 영어(수원국 공용어)로 강의, 자문 및 보고서 작성 등이 가능한 자
- 기타 파견 대상국에서 요구하는 자격을 갖춘 자
- 6개월 이상의 해외생활이 가능한 신체 건강한 자

다양한 분야와 직종을 선발합니다

공공행정

파견국의 행정제도 효율화 및 정책 선진화를 위하여 전자정부 및 개발계획 수립지원, 관광자원 개발 등 개도국의 정책적 역량 개발 강화에 힘쓰고 있습니다.

직종 | 관광, 사회복지, 국제개발

보건/의료

의료혜택을 받기 어려운 마을 단위에서의 보건교육과 모자보건, 식수개발, 위생교육 등의 기초 보건환경 개선에 주력하고, 전반적인 의료시스템 구축 업무도 함께 수행하고 있습니다.

직종 | 간호, 물리치료, 보건일반, 임상병리, 방사선

교육

역량개발과 자립발전의 토대로 생산적이며 궁극적으로 경제 및 사회개발에 직접 기여하게 됩니다. 초등교육, 컴퓨터, 태권도, 직업기술교육 등의 직종으로 중점 파견되고 있습니다.

직종 | 과학교술, 미술교육, 미용교육, 요리, 유아교육, 음악교육, 제과제빵, 청소년 개발, 체육교육, 컴퓨터교육, 특수교육, 초등교육, 한국어교육, 사서, 수학교육

농림수산

품종개량, 관개 수리, 작물 다양화, 양식기술 등 농어촌의 생산성 향상과 소득증대를 위한 선진기술을 전수하고 있습니다.

직종 | 농업, 수산/어업, 지역개발, 축산, 식품가공

기술환경에너지

현재 개도국에서는 급격한 인구증가와 도시화에 따른 사회기발시설 구축과 국토의 효율적 이용에 대한 필요성이 증대되고 있습니다. 교통 및 에너지 인프라 개선, 국토관리 기반 조성, 방송통신 등의 분야로 파견되고 있습니다.

직종 | 건축, 기계, 섬유/의류, 용접, 자동차, 전기/전력, 전자, 환경

당신의 해외봉사활동을 지원해드립니다

국내훈련, 현지적응훈련 및 봉사활동기간 중
안전하고 효과적인 활동을 위해 각종 지원을 받게 됩니다.

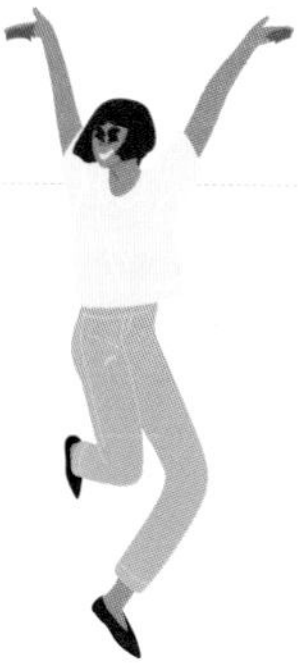

파견 전

국내훈련기간

- 국내훈련수당 및 훈령용품 지급
- 예방접종 및 휴대용 안전장비 지급
- 재해보상

출국준비기간

- 여권 및 비자발급 지원
- 왕복항공료 및 화물탁송료 지원
- 출국준비금 지급

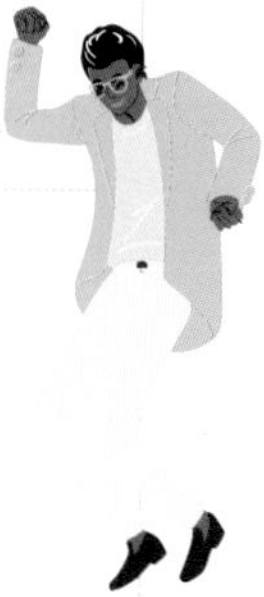

파견 후

현지정착비

- 주거비 및 생활비(파견국 물가수준 고려 지급)

활동지원

- 활동물품 구입비, 현장사업 및 협력활동 지원비 등
- 봉사단 유숙소 혹은 바우처 제공

건강 및 안전관리

- 재해 및 상해보험 가입
- 긴급후송서비스(SOS) 재난 발생 시 안전한 지역으로 이송
- 의료지원 상해·질병 치료비 지원
- 구급함, 재난키트 등 현지 활동에 필요한 안전장비 지원
- 연간 정기 건강검진 실시
- 24시간 의료 및 심리 상담

활동 종료·귀국 후 다양한 기회가 제공됩니다

(단, WFK봉사단별로 지원내역은 차이가 있습니다.)

커리어적립금

장기간 해외봉사활동을 마치고
귀국한 해외봉사단원의
국내 정착지원을 위해 활동기간 중 매월
일정 금액을 적립하고 귀국 후 지급합니다.

취업지원

해외봉사활동을 통해 습득한
현지어 능력, 지역 전문성, 프로젝트 경험 등을
사회에서 활용할 수 있도록 취업지원센터
(개발협력 커리어센터/http://job.koica.go.kr)를
운영하고 있습니다.

KOICA/WFK 장학사업

KOICA는 월드프렌즈 해외봉사단이
봉사활동 경험을 활용하여 개발협력 전문가로
성장할 수 있도록 귀국단원 장학제도를
운영하고 있습니다.

봉사활동 분야·지역 및 국제개발협력
관련 전공의 국내외 소재 대학원에
재학 중이거나 입학 예정인
귀국 단원이 장학제도를 통해 선발되는 경우,
학비의 75%(연간 천만 원 한도)를
지원받을 수 있습니다.

활동경험담 발간 지원

WFK 사업 홍보를 목적으로
1년 이상 활동한 단원에 한하여
활동경험, 경력개발 등 다양한 스토리를
담아낸 활동경험담을 발간하고 있습니다.
연중 수시 신청받고 있으며,
심사는 반기별로 1회 실시하고 있습니다.

※ 자세한 사항은 kovpapers@koica.go.kr로
문의하시면 됩니다.

국내 봉사단 네트워크

귀국봉사단 모임인
한국해외봉사단원연합회(KOVA) 및
국내 지역별 커뮤니티(수도권 포함 총 9개)가
조직되어 있으며, 협력단에서는 해당 조직들의
활동을 지원합니다.

국제협력활동 지원

임기만료 귀국 단원은
KOICA 신입직원 채용 시 가산점을 부여하며,
코디네이터 지원 시 우대하고 있습니다.

더 좋은 세상
함께 만들어 가요

KOICA는 글로벌 사회적 가치를 실천하는 대한민국 개발협력 대표기관으로서 사람 중심의 평화와 번영을 위한 상생 협력의 ODA를 추진해나가고 있습니다.

KOICA는 우리 정부의 대개도국 무상협력사업을 전담 실시하는 외교통상부 산하 정부출연기관으로 1991년 4월 설립되었고 프로젝트, 해외봉사단파견사업, 국내초청연수 등 다양한 사업을 통해 개발도상국의 경제사회발전을 지원하고 있습니다.

해외봉사단
모집선발상담센터

주소

글로벌인재교육원(서울) 교육본부 1층 코이카봉사단 모집상담파트
(서울시 서초구 헌릉로 15-18 (구 염곡동 304-3))

운영시간

09:00 - 18:00 (점심시간 12:00-13:00)

전국공통전화

1588-0434

홈페이지

http://kov.koica.go.kr

모집상담 이메일

kov1@koica.go.kr

ODA란?
(공적개발원조)

개발도상국의 경제·사회 발전 및 복지증진 등을 주목적으로 하는 원조로, 공적개발원조 또는 정부개발원조라고도 하며, KOICA에서는 교육·보건의료·농림수산·공공행정·범분야 등 다양한 분야에서 국별협력, 글로벌연수, 해외봉사단 파견, 민관협력 등의 형태로 세계 53개 협력국에서 ODA를 수행하고 있습니다.

KOICA 협력국 리스트
(53개국)

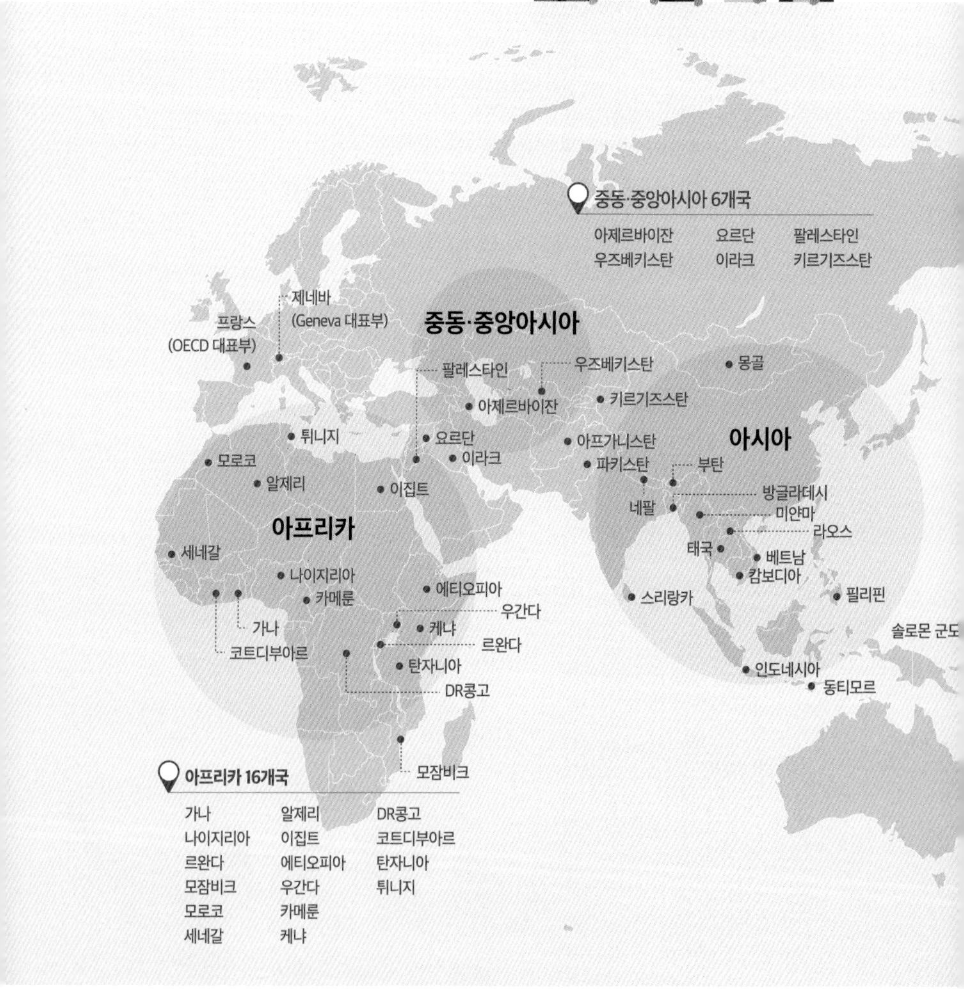

중동·중앙아시아 6개국

아제르바이잔, 우즈베키스탄, 요르단, 이라크, 팔레스타인, 키르기즈스탄

아프리카 16개국

가나, 나이지리아, 르완다, 모잠비크, 모로코, 세네갈, 알제리, 이집트, 에티오피아, 우간다, 카메룬, 케냐, DR콩고, 코트디부아르, 탄자니아, 튀니지

SDGs 소개
(지속가능개발목표)

국제사회는 글로벌 문제를 해결하고자 경제성장, 사회발전, 환경지속성을 3대 축으로 하는 지속가능개발목표(Sustainable Development Goals, SDGs)를 채택했습니다. SDGs는 2030년까지 세계빈곤을 종식시키고 지속가능개발을 구현하기 위한 17개 목표와 169개 세부목표로 이루어져 있습니다.

주재원 3개국
프랑스(OECD 대표부)
미국(USAID/UN 대표부)
제네바(Geneva 대표부)

아시아 14개국
네팔 방글라데시 캄보디아
동티모르 베트남 파키스탄
라오스 스리랑카 피지
몽골 아프가니스탄 필리핀
미얀마 인도네시아

월드프렌즈사무소 3개국
태국 부탄 솔로몬군도

중남미 8개국
과테말라 에콰도르 파라과이
도미니카(공) 엘살바도르 페루
볼리비아 콜롬비아

월드프렌즈사무소 3개국
벨리즈 온두라스 코스타리카

초판 인쇄 2019년 12월 10일
초판 발행 2019년 12월 10일

지은이 김대원
발행인 이미경
발행처 한국국제협력단
주소 경기도 성남시 수정구 대왕판교로 825
전화 031.740.0114
팩스 031.740.0247
홈페이지 www.koica.go.kr

펴낸이 곽지은
편집 방수진
디자인 지홍비, 최봄미나
펴낸곳 (주)꽃씨
등록번호 제2019-000009호(2019년 1월 16일)
주소 서울특별시 금천구 가산디지털1로 212 코오롱디지털타워애스턴 1405-319호
전화 02.335.2182

ISBN 979-11-968060-1-9(03810)
값 14,000원